植有武威山茶的小屋

蕭秀琴 著

獻給在這座島嶼生活的人

目次

各方推薦

《植有武威山茶的小屋》處理了兩段平行的情感關係，但背後真正支撐的，是對歷史的愛，也就是對台灣的熱情。蕭秀琴以博物學者的敏銳觀察，帶領讀者探索這塊土地與台日關係。

——耿一偉．導演、策展人

一本肌理埋藏極深的本土文學小說，跳脫刻板印象的台灣—鹿兒島兩地故事。曾經急著邁向現代化卻被扼殺的台灣人們，在幽微抑鬱的感情敘事裡娓娓道來。

——陳豊偉．作家、醫生

蕭秀琴新作《植有武威山茶的小屋》，援用嶄新的敘事手法，出今入古，並融合料理、情愛、花花草草，甚至茶文化於一爐，燉出一則宛如交響樂的物語，確實讓人刷亮雙眼。

——辛振豊．作家、譯者

推薦序

飽滿香氣的美感與愛情

她體悟到人生的羈絆並不單純，而且從生命的最初就不曾簡單過。

——《植有武威山茶的小屋》

文／鍾文音（作家）

雙線敘事的小說，是小說常見的時間線性結構，這本小說採用的即是雙線交錯的敘事，有意思的是作者蕭秀琴將雙線拉到各式各樣的交錯：現代與三〇年代、屋主與研究員、愛情與日記文本、小鎮與家族，藉由埋針藏線的層次引出一段相隔百年的愛情，植物成了愛情的媒介，也成了窺探者，這樣的視角，使這本小說有了別出心裁的姿態，給了愛情新的呼吸，呼吸飽含著植物的潮濕與芳香。

植物有靈，每個角色就像一棵棵植物，綻放凋零與新生，帶著希望與夢想飛向過去與現代，逐步吐納小鎮家族的哀歡，最終結出愛情的果實。

秀琴以淡然的溫度切取人生的各種切片，以簡單不取巧的文字凝視時間的底片，從植物的獨特生命隱喻了人世的相逢與缺憾，一如植物的四季，人生榮枯並置，不完美也是另一種完美。

小說由懂日文的植物系都會女生阿澄揭幕，這位當代女性阿澄過去是到處趴趴走以打工換宿的自助旅行者，卻因母親過世，而結束了浪遊他鄉的生活，輾轉應徵到台大地質系的一份工作，卻讓她自此意外地跌入小鎮老屋的家族史，揭開台灣日治時代一位博物學家的人生。同時阿澄在這棟日式庭園的洋樓書房，結識了房子主人阿澈，兩人進而在植物世界燃起了芬多精式的愛情。

小說穿插的植物描述讓我恍如進入一座迷人的花園，花草、樹木、岩石、器物，小說瀰漫一股靜謐之氣，如京都，如古城。植物之外，佐以老年代留下的日記、書信、田野筆記，重現三〇年代某種知識分子的深邃樣貌：專注而熱情，博學而好奇。

這是讓人閱讀時心情不會黯淡的小說，在各式各樣的交錯中，縱有喟嘆遺憾，但之後總有一道微光靜靜暈開，有如植物的向光性。本身這個故事就很美（巧妙藉由植物為介是小說的好元素），作者寫來一派恬靜。小屋多情，瀰漫在靜默的植物花園中，綻放著各種色澤的愛情人生。從榮枯四季的顫動，逐步貼近人的初心。

植物是一個寓言，作者在此下了一道普世的命題：愛情永遠不死，一點星火就足以燎原，如四季輪迴，只要根在永遠會冒出枝枒。但另一個更可怕的思維是愛情也可能是致命的苦果，千年砍柴一火燒。所幸，這本小說沒有這樣的面相，小說人物的心就像園丁，總是守候著植物的根部，然後好奇努力，接著向上開展，人物的對話與情節都不慍不火，淡雅從容，在際遇的牽絆中人昂揚向前，彷彿只要有一點微光，灑下一點水分，就可以再次進行光合作用，開出幸福之果。

「寂寂春將晚，欣欣物自私。」我腦海裡突然閃出杜甫的詩，再美的春天也會走入晚春，萬物的欣欣向榮源於我那揮之不去的小小私心，然植物的私心寂寞又向誰說去，看來只有四季懂得。

就因為這樣，我以為這本小說最美的就是這句話：「她體悟到人生的羈絆並不單純，而且從生命的最初就不曾簡單過。」如同在植物的枝枝葉葉，光光影影，消散不去的愛情叩問，知識永恆的追尋。

春夏秋冬，這本小說的四季，也是我們人生的四季，知識與愛情，永遠是青春的兩大柴薪。

秋

植有武威山茶的小屋

不要緊閉窗門，一早醒來，就能漫天霧雨乘著颯颯風聲，翻山越嶺聖稜線上，與你過招。

阿澄在微熱的秋風中，搭乘四種交通工具花費一個鐘頭又三十七分鐘，來到這個山邊老宅，她從家裡騎摩托車到大直捷運站，搭捷運到台北火車站，搭乘火車到新竹火車站，一出車站就看到跟她有一面之緣的黃醫師站在福斯休旅車旁等她。她剛到這幢房子的七里香籬笆邊，就飄了幾滴雨，心裡哀嘆了一聲，台北應該下大雨了。這幾年台灣的激烈氣候完全響應氣候變遷的暖化說，強降雨、疾風強颱、土石流，無一不應驗氣象專家的預判，讓人無所遁逃，無法僥倖，現在她只希望停在捷運站附近的摩托車不會被淋得太慘。

跟她聯絡的「黃紹丙紀念圖書館籌備會」助理說，委員之一的黃醫師就住在鎮上，她跟黃醫師聯絡，對方說第一次來可以到火車站接她，其實他們曾經在台北的學校辦公室見面，也就是面試的時候，黃醫師就一直暗示她要考慮清楚，希望以後不要因為交通的理由跟他說不做了。她真想翻白眼給他看，這種對資深自助旅行者的侮辱行為，實在不足取。

阿澄乍見小屋的時候差一點哭了出來，尤其跟她工作的洋樓相比，真是滿肚子怨氣，更別說緊鄰的和式大宅，但隨即轉念一想，老師的助手約莫就是這樣吧，又想起她去過的熊本夏目漱石內坪井舊居的馬丁小屋，想來自己跟寅彥是差不多的角色，不過這時阿澄還沒有喜歡上她工作的對象。

「ちゃく」（着陸，到站）黃醫師站在籬笆邊等了大約一分半鐘，從他的角度可以看到縱貫線火車駛過，天氣再好一點可以看到更遠的海藍色邊界，提著收音機的左手戴有日本一九六八年的 Grand Seiko 精工機械錶，那只當年超越瑞士得到天文台第一名的鐵灰色錶。他自小養成一種習慣，每天早上起床第一件事就是確認床頭的鬧鐘跟手錶的時間是不是吻合，進而習慣性地看自己的錶跟遇到的路邊大鐘，學校的鐘聲，車站的鐘，一切可能造成時間差異的習慣，都會讓他感到趣味。

確認了火車到站的時間之後才走進大門，繞過七里香樹叢看到阿澄在小屋外拿著鐮刀站在比人還高的茶樹旁，那棵識者告訴他這是一棵大家都以為在此處已絕跡的原生種茶樹，在這個庭院長得比大人還高出兩個頭，但他不記得那棵茶樹有開過花。

「整理得這麼乾淨，你實在不用做這些事。」黃醫師看到小屋周圍已經從雜草叢生變得光禿禿，只剩下幾棵比較大型的樹和一些剛種下去，他叫不出名字的植物。

阿澄看到黃醫師是有點生氣跟不滿的，自己好歹也是大學研究所畢業的派遣工，有專業才能的人，要不是她念植物系又懂得日文，也很難勝任這個工作，「黃紹丙紀念圖書館籌備會」還要了她的資歷去申請另外一份國家預算，整個籌備會才開始發動，而不是一直停留在紙上作業跟開會的階段。

「看了就手癢，不拔乾淨，總覺得怪怪的，也沒有辦法安心工作，一天做一點還可以應付過來。」阿澄看著黃醫師的眼睛，試圖找到他愧疚的眼神，但只看到一位退休老人閒散舒適的精光。

阿澄搬到小屋似乎是情勢所逼，也像是命運的安排，她接到這個工作之後，計算了一下工作時間，安排一個星期三天從台北搭火車到小鎮。雖然她後來發現她要工作的書房離一座只有區間車會停的百年火車站更近，估算交通時間也不過多了三、四十分鐘，以她在國外居住的經驗，算是合理範圍，就欣然按照自己所想的安排工作時間。但事情並不是憨人所想的這麼簡單，從家裡到台北火車站要二、三十分鐘，從小鎮火車站到書房要搭計程車或是騎腳踏車，雖然黃醫師說可以事先打電話給他，時間允許會去載她，但是她不想麻煩對方，雖然黃家也算是事主。有幾次她一工作就忘了時間，在書房桌上趴著就睡著了，後來先生娘跟著黃醫師來巡視自家的財產，像發現新大陸一樣想起這棟和式屋子旁邊還有一棟小屋，於是自認大方地好心提議，「旁邊的小屋整理一下還可以住。」

在這之前阿澄沒注意到旁邊的小屋，這座在山腳下田野中的單家人屋，是由一棟和式房子、一棟洋式樓房，以及一間像工寮般的小屋組成。在面談時就跟阿澄說黃家還有人在那裡活動，所以只能在洋樓的書房工作，其他地方最好不要去，以免互相干擾。某種程度上，阿澄是個守規矩的乖小孩，講好的規則一旦認可就會遵守，雖然她對日式大宅的緣側很好奇，必須經過日式客廳時也很想看看那一台引人遐思的唱盤，以及一堆散落的黑膠在榻榻米上到底發生了什麼事。尤其，她感應到日式房屋中應該經常有人在活動，這些隱隱的好奇心都被她壓抑下來，而且還頗為得意自己的成熟。

好奇會發生意外，這是她自十八歲開始自助旅行的心得。

已經習慣當背包客的阿澄；大學一年級寒假第一次到英國當交換學生開始，就學習如何自助旅行，對，只能說是自助旅行，她終究無能睡火車站或別人家的沙發，她也不是個有充沛體力的人，背不動登山背包，行李通常用行李箱拖著走。她爬過的山，超過三千公尺的只有玉山，台灣最高峰。一九九二年台灣有一家銀行成立，用玉山這個名字，也用玉山當行銷策略，那時流行的說法是台灣人在有生之年一定要爬一次玉山，她在大學畢業要出國念書之前，趕緊去了一次，好似從國外回來玉山就會不見。

沒想到放下做到一半的事情出國自助旅行會成為她生命中的常態，最近一次，也就是一年半前她母親過世，她突然覺得空空落落的沒有著力點，就乾脆辭掉那家賣房子的文教基金會執行長的工作去澳洲、紐西蘭自助旅行，一去半年。大學死黨阿瑞很替她擔憂，「回來以後找不到這麼好的工作。」阿瑞這麼勸她，這樣的想法在這種大裁員年代，聽起來也很有說服力。她的看法是那個工作只是頭銜聽起來很不錯，工作內容實在乏善可陳，每一季編一期公司刊物，一年策劃一個大型週年慶活動，其他時間都在幫老闆娘打雜，因為基金會董事長是老闆娘，最重要的工作是發給偏遠地區的國中、小學生獎學金，以及觀察現在的總統夫人喜歡什麼活動，每個月開會討論一次要不要參與這個項目，而且開會內容通常得不到結論。

她想自己都沒有媽媽了，還要丟掉自我嗎？

人生就在追求自我中消失自我，這是她在澳洲正中心瞪著那塊火紅的岩石地標「Alice Spring」想起來的話。她最喜歡的一位旅行作家布魯斯查特文（Bruce Chatwin）寫了一本關於澳洲土地的故事《歌之版圖》（*Songlines*），第一句話就是：「愛麗絲泉——澳洲大陸中央，一座荒僻的城鎮。」這句話排在她自助旅行的第七名，遲早要去的所在。看著這個兩萬多人的沙漠小鎮，她想著自我到底是什麼啊。

更讓她想不到的是半年後回台灣，在她還沒有想通自我是什麼的時候，她連房間都丟了。她的父親，那位溫文儒雅看起來跟母親鶼鰈情深的日式紳士，這種形容詞在台灣是有點大男人主義卻對家庭很負責，待人接物有點距離但是溫和的男人。在她印象中焦孟不離的雙親，竟然在媽媽過世半年後就交了新女友，並且已經帶回家同居，讓她憤懣不平的是那位阿姨的兒子竟然霸佔她的房間，雖說只是在假日時來住一個晚上，但她無法忍受跟別人共用房間，她不要面對自己的地盤崩塌，就算床頭燈被移動一公分都不行。

接下這份工作之後，她就一直想著找間房子獨自居住的事，對住在小屋也是抱持暫時的想法，然而小屋的一個藤編籠子改變了她對這份工作的設定。

在這之前，她先遇到阿婆，她在書房整理檔案，但時不時感覺到隔壁的和式大屋有人，又因為黃醫師交代不能過去，就一直猜想著這是不是錯覺。她每次進大門之後就直接從一個比一百二十公分窗戶高一點的鵝卵石牆面砌成的小方門彎著腰進去洋樓，覺得好像是穿狗洞。一次她正要將「武塔南方湳仔溪採集」編號歸檔時，突然傳來「阿ㄋㄢ，阿ㄋㄢ……ㄋㄢ……」的喊叫聲，聲音有一點沙啞，聽起來像個八十歲以上的老人，後來才知道阿婆已經九十多歲了，而阿ㄋㄢ 是黃醫師黃水湳。聽到喊叫聲，她猶豫了一會就匆匆忙忙打開洋樓跟日式主屋相連的門，在超過二十疊榻榻米大的客廳張望，才發現客廳緣側的藤椅上有一位阿婆，阿婆對著庭院叫阿ㄋㄢ。

往後經常帶在屋旁田裡種的應時蔬果給阿澄的阿惠，看到有人站在阿婆旁邊，叫了一聲「啊」又很自然地說，阿婆要吃點心了，並跟她解釋，她剛才先繞到菜市場賣仙草的攤子買了一碗仙草才過來，也有帶自己蒸的三、四個水粄，問她要不要吃吃看。

「你常常忘記吃中飯，要不要吃一個水粄，我們客家人的很不一樣喔。」阿惠熱心地從袋子拿出來。阿澄感到好奇的是阿惠怎麼知道她常常沒有吃中飯，本來要跟她仔細說肚子餓才需要吃飯的原理，但只簡單的說了：「我吃飯很隨興。」

「不好意思，看起來很好吃的樣子。」阿澄也沒客氣的拿了一碗坐在緣側邊，腳伸到外面還晃了晃就吃了起來，水粄用比一般飯碗厚的碗裝，阿惠拿一支叉子給她，很有意思的吃法。

阿惠不是個多話的人，先端了一碗仙草給阿婆，再用叉子把水粄跟碗剝開，放在小木桌上，自己也坐到緣側邊靠著柱子，就聽到阿婆轉過頭喊她，「ㄕㄢ啊。」阿惠笑了一下，「她是叫她孫女啦，小ㄕㄢ現在在日本，大概要等到元旦才回來囉，元旦是日本人過年，有放假。」

「ㄕㄢ，去外面把那個日本婆趕走，不能讓她進來。」阿婆很認真地對著阿澄，下巴稍微抬一抬，暗示阿澄門外有人。

阿澄猶豫一下才對阿婆說：「沒有看到人啊。」就趕快低下頭，她有一點怕跟阿婆對視，因為實在不擅長演戲，而且不知道那位小ㄕㄢ聲音是高是低、粗的還是細的，無法想像那位ㄕㄢ的語調是怎麼樣的，話就卡在喉嚨裡。

「有啦，你去把門關起來，就在那個門外。」阿婆堅持著，阿澄剛好也把水粄吃完，站起來跟阿惠點頭道謝，阿惠示意她把碗放小木桌上。

阿澄回到書房怎麼樣也靜不下來繼續整理資料，跑到大門外伸伸懶腰用力呼吸，就看見黃醫師旁跟著一位雍容華貴的婦人，看起來應是黃太太，果然黃醫師跟他介紹說是先生娘。先生娘很會招呼人，看到阿澄就說：「一切都還好吧，聽說你很認真喔，好幾次都睡在書房，有棉被嗎？過一陣子可能需要暖爐呦，真是不好意思，你需要什麼跟阿惠或阿珍講。」

那時阿澄還不知道阿珍是誰，聽起來好像是她的傭人，後來才知道黃家的人把阿惠跟阿珍當家人看，算是家人般的女傭，黃醫師的衣服都要阿珍用手洗，阿珍小學畢業沒有繼續讀書，就接替她母親幫黃家人洗衣服，雖然有洗衣機之後大部分的衣服都是用洗衣機洗，但是黃醫師的貼身衣褲還是讓阿珍用手洗，否則他穿起來會不舒服。

黃醫師站的地方剛好開了幾朵七里香，他卻伸長手去拉大門處比人還高的木槿說：「你有看到後面的小屋嗎？」先生娘一副恍然大悟的樣子，「對啊，那個小屋整理一下應該也可以住，要不要去看看，聽說你常常工作到很晚，一個女孩子從這裡到火車站，不太好。」

阿澄不置可否跟在這對夫妻後頭繞了一圈，才第一次看見和式大屋的正門跟棟札，向左轉就看到一間像倉庫的小屋。的確，就在三十多年前還有工人住在這間工寮裡。

阿澄接這份工作的時候有點遲疑，畢竟主人翁是地質學家又博學，動植物、人類學，甚至民族學都有涉獵，自己念的是植物系，而且自研究所畢業後已經離開學校好幾年，做的工作跟「博物學」沒有太大的關係。然而圖書館籌委會的人勸服她的理由是看重她的日語能力和行政能力，尤其是她的日語能力，至少可以做一些簡單的翻譯，對這份工作會有很大的幫助。以她對台灣史的理解，知道自己的優勢是在日語能力，工作必須以日語進行，但是整理報告時卻要使用中文，同時有兩種語文能力並且要有相關科系的知識，一時間並不好找人，有這樣能力的人應該都在大學裡任職了，現在留在學院的人都忙著自己或教授的研究題目或升等論文，這種對職業生涯沒什麼幫助的打雜工作，沒有人願意去接。

除了第一份工作在旅行雜誌社擔任採訪記者之外，她一直待在私人基金會，她發現這樣的工作要跟雇主保持很靠近的關係，但又要保持距離才不會失去自我，她懷疑自己是不是因為強調追尋自我，在尋找職業時就會去找可以跟別人保持距離的工作，反正她從來沒有把職業當作人生最重要的事，能夠跟雇主或是同事保持適當的尺度，對她而言反而是最優先考量的條件。

像這一份工作很籠統地說是整理資料，也沒有具體地說要整理到什麼程度，只說讓以後圖書館成立時能運作，順道讓相關科系的研究生可以運用，一切要靠自己在工作上的判斷，以及對研究對象的理解程度來進行，阿澄很有經驗地告訴對方，這麼籠統的概念，到時候她整理的資料圖書館用不上怎麼辦？不是徒勞無功嗎？當對方不置可否地提議先把目錄做出來的時候，阿澄就發現了她這三十幾年來活在這個世界上的秘密，沒有人知道該如何告訴別人在這個世界上該如何生存，每個人都要靠自己才能長大，順利地活在這個世界上。

在她按照傳主的生平年表以及已發表的學術論文標題依次翻譯成中文，一個資料夾一個資料夾，熟門熟路按時間順序歸類，手感正順，要繼續下一章節的瞬間，一本小本子，昭和時代的直式方格筆記本，與其說筆記本不如說像太宰治寫《如是我聞》的稿紙，安靜地夾在堆疊的學術著作中，阿澄很快地感知到傳主自己恐怕也找了很久，卻總是找不到的日記本，夾纏在這堆疊的丘壑裡。

忍不住手癢衝動的後果就是她後來也有了一本自己的工作翻譯筆記本，甚至準備要跟她結婚的對象說財產分她一半，把中譯本當作嫁妝她都沒答應，不過認為當作自己女兒的嫁妝倒是可以考慮。

昭和六年，七月十六日

早田君回東京念帝大的時候，是有一股衝動想到帝都就學，畢竟是東京帝大，全國最優秀的人都在那裡。沒想到他一到暑假又回到台灣，在家等他幾日，他寄來一張明信片說約好的那一天總督府殖產局的人要他一起去江山樓台北帝大老師的飲宴，有一位對鳥非常有興趣的人，想贊助他。他第二天一早就要搭火車去嘉義，開始他的中央山脈群峰登頂，並與高采烈的說有幾條路線他應該是首登。

真心期待他首登完滿的同時，我也開始田野露頭的觀察，真希望能夠像在高校時期，一邊在台北城裡閒逛，一邊跟大家討論自己最近的讀書心得，現在我們終於開始了野外實習，正式邁向學術領域的第一步。

高校時期，早田就寫了好幾篇植物論文被肯定，是植物專家，對昆蟲、動物也很熟悉，一些台灣的花草樹木岩石，總是要借他的筆記本查看研究，才知道原來台灣有這樣美的花，玉山杜鵑、玉山圓柏、台灣百合、台灣龍膽，講到玉山山蘿蔔的時候，真想嚐一嚐那樣的滋味。

羨慕別人知識豐富，自己卻猶疑不定，到現在都還沒有決定要往哪個方向走，暑假到野外山林做調查總是來去匆忙，深感時間不夠。

從農藝化學教室轉到地質學教室不久，富田芳郎副教授就跟我說可以開始決定學士學位論文的方向，想起畢業時要完成的學士論文，就有一股被強迫之感，不知道多桑跟教授是不是常常在一起喝酒，也暗示我可做跟家裡的礦業礦場有啟發性的研究，或許是因為接受勸說到地質教室，大家就以為我會回到家族事業發展，但是我還沒有設定自己的未來，畢竟地質學的世界這麼遼闊，我應該要到世界各地探勘，才不辜負日益發展的這門學問。

兩三段文字，每一個字，每一個名詞都讓阿澄激動莫名，小心拿起筆記本，或者說日記本前後翻看，就翻到夾紙，一張便簽樣式的紙，看線條很像菊花，葉子卻比菊花細長，仔細看小字才知道是「玉山山蘿蔔」。

跟你開個玩笑，這種花其實跟大根沒有關係，這是一種開紫色小花的植物，只是因為長在高山岩地上，根系要深入地層，長得有一點像長條的大根，應該是台灣的原生種了。偷偷嚐一口，粗粗的沒有水分，不怎麼好吃。

昭和六年 七月三十一日

每天都在等早田的信，日子一天過一天，家裡經常有客人來，尤其是年輕的女孩子跟著她們的卡桑來，或有歐巴醬來找卡桑，這時候住附近的阿叔姆、舅姆等親族女眷都會趁機過來聊天，我當然也剛好在家裡，沒有出門。現在迫不及待想趕快出門去野外山地看露頭，可是暑假到山裡採集的島田教授還沒有回來，我有好幾個整治好的岩石標本要給他看。

前幾天阿文過來，我們倆從公學校起就是同學，高校時一起住學寮，兩個人大概這輩子都要被綁在一起了。他來問早田君目前在哪裡，等他回台北要不要三人聚會，我們三人在高校時最是要好，經常一起讀東京寄來的書，看了很多機械雜誌和動物介紹，不過大家搶成一團的還是哲學書以及翻譯自歐洲的小說。

阿文來找，另一方面也是來躲事，他家裡唯一的女孩子，最小的妹妹要參加明年二月女子高校的考試，家裡要讓她去上新竹女中，可是本人想跟阿文到台北去上第三女高，之前決定時都說沒有意見，不知道為什麼這兩個月吵著說要去台北，阿文被妹妹吵得很鬱卒，乾脆出門躲清閒。

兩人在炎炎夏日時光中，實在百無聊賴，不約而同說乾脆去台北找高校的松村老師，但隨即想到，放假前松村老師跟阿文說暑中要帶全家回九州，他的女兒長這麼大還沒有回去省親。那個嘴角一直笑笑的女孩子啊！

彼女明年也該上高女了，不知道女子學校都上些什麼課呢？有沒有時間做自己喜歡的事呢？松村老師書桌上的瓶子，經常插著芒花，一把幸運草，一枝葉子擦得發亮的含笑，桌角有時也看得到玉蘭，說是去散步時看到很適合插在瓶子的樣子，就採回來了。那一次人家送她兩朵山茶，看她高興了好幾天。

我的腦袋都記了這些細細碎碎的事，可是想起來嘴角都會往上翹的事，有一點不安啊，松村老師的宿舍好幾棵樹，很適合掛一個鳥籠，掛在緣側上方也是可以，我會不會想太多了。

昭和六年　八月十五日

終於等到早田來信，說是來信，也不過是一張明信片，還是透過人輾轉才送到我的手上，我們住在平地的人，不知道山林的凶險。

早田三言兩語交代兩次獨登尖山的風景，但這一趟自己跟一位蕃人助手在三峽探勘的經驗，也可以想像他所遭遇的凶險與困境。光是駐在所一個一個建立，進駐大批警力，就知道官方嚴防蕃人，也不允許一般人隨意進去攀爬高山，早田說跟以往夏季登山的盛況相比，現今的山路上幾乎看不到人煙。

當我看到他寫土石流的時候，心都快跳出來了，台灣山地險峻是由於落差極大，密林又不易判斷地質的穩定度，大山稜線下的鞍部和溪谷更是不易攀爬之處，這傢伙竟然還有悠閒的心情把菸斗拿出來。應該是在高校就擁有的那一支吧。

凡是喜歡野地的人都會對山林土地狂野的性質著迷，就像這一次深入三峽溪谷，雖然知道已到了危險地區，但是能夠愈靠近露頭就愈想多走近一步，恨不得自己就踩在露頭上面。

多桑來問苗栗的油田是不是有新發現，我對油田的探勘實在沒有興趣，雖然知道這對今後工業的發展一定會起關鍵性的作用，但我們台灣該向哪個方向發展呢？應該要有更廣大的視野更高的眼光，不應該短視近利。

昭和六年　九月十八日

終於跟早田見上一面，我們在久未拜訪的松村老師家晚飯，是接風也是送別，他這一次回東京，不知道什麼時候才能再回來，畢竟大家都要為畢業論文奮鬥，阿文說他們法政科的更是茫然毫無頭緒，我想他們科系對自己所學以及家園故土有更深的考量。

她啊，還是像以前一樣帶著女傭默默替我們張羅吃食，剛從未曾知曉的故鄉回來，說是學了好幾樣菜，做了一個鍋物，不太像是壽喜燒，松村老師說還是我們台灣的黑豬肉好吃，她將黑豬肉切成薄薄的一片，我們一邊吃一邊放豬肉進去滾熟，再拿出來蘸調製好的醬料，真是美味啊。

鹿兒島的甜食跟多桑每次從東京回來帶的不太一樣，兩棒餅甜甜鹹鹹的，沾味噌或醬油各有不同的味道，真是有趣又好吃，實在特別。

穿過構樹叢時，突然有一種蒼涼之感，這種樹好像隨時都可以看到，並不會特別注意到它的存在，但我深刻地感受到我們這樣的聚餐，我們不會再有這樣的時光了，每個人都有自己的方向要去。

無法停下，青春熾熱的火焰總是讓人目不轉睛，直視一簇一簇的瑰麗。

先生娘偶爾來巡視房子的情形並不多見，但跟黃醫師一起來時總是會邀請阿澄到鎮上吃個便餐，她也總是說正在趕進度，時間緊迫，沒有辦法一起去，並且要作勢地跟先生娘說抱歉，先生娘也很樂於看阿澄一臉遺憾的神情，這一天，他們夫妻倆要到鎮上一位日本年輕人新開的拉麵店試味道，黃醫師好似非常期待一位日本年輕人的到來，但是先生娘聽她說要趕進度沒辦法一起去，癟癟嘴說：「工人吃的麵。」黃醫師很不以為然大步離開，嘴裡吐出，「沒文化。」

聽過這個傳說吧，摘了一朵花回家，要清出一個花瓶插花，放桌上，桌子太亂要先清掃擦桌才配得起那瓶花，桌子乾淨了，又發現整個房間太骯亂，和這張桌子不合，把房間打掃歸位過後，才能舒服一點。阿澄現在就對小屋實施這樣的清潔工程，不過她更龜毛一點，小屋清過之後，發現小屋外面的花圃雜草叢生，正猶豫要不要先跟黃醫師報備，就聽到阿惠走過來的腳步聲，阿惠看見她正在對著滿園雜草發呆說：「草拔起來還是要燒一燒，不然又會再長出來，有人還用除草劑喔。」

「不用，不用，除草劑太毒了，會生出畸形兒。」阿澄心臟一抽，她在網路流傳的一張照片中看過，屏東的紅豆田邊排了一、二十隻的伯勞鳥、麻雀、燕子，說是因為除草劑的關係，這些鳥全部誤食紅豆被毒死了。她決定靠原始的方法將這些雜草清除乾淨，尤其有些植物在一般人看來是野草，在她的心中卻是真心歡喜，無法被輕忽的存在。

小屋前的花圃比起和式大屋的庭園，不值一提，卻讓阿澄猶豫起來，因為仔細檢查，並不全都是大花咸豐草、雷公根、昭和草、紫背草、鱧腸、馬齒莧這些被認為是雜草的野草，更何況對她這位植物系的學生而言，這些草也是她大學時代一棵一棵畫過、背誦過的野草，那時同組的同學還覺得她奇怪，怎麼會去研究這些野草。

她在要將全部野草拔光或者留兩三株之間搖擺不定。

不過真正的挑戰是明顯經過位置設計種的三棵山茶花，五株薔薇包含兩棵比較大葉的玫瑰，一棵超過圍牆高的木槿，一排茉莉花，真要修剪起來，工程浩大會讓她筋疲力竭腰痠背痛汗流浹背，甚至不小心髒物掉到臉上會淚流滿面。

真正難以控制的是狗尾巴花，香茅，會割人的芒草，散落的幾株竹葉青卻是她最喜歡拿來插瓶裝飾的葉子。

狗尾巴花，禾本科多年生宿根草本，高約三十到一百公分，葉寬橢圓形長七至二十公分，寬四至十公分，圓錐花序呈圓柱狀稍彎垂，剛毛綠色轉紫約二到三公分，花期七至九月、果期九至十月。

阿澄還記得植物圖鑑上記錄台灣植物都會有的幾句形容詞，「頑強的生命力」，其實在她看來這些看似弱不禁風卻強健難以根除的雜草，真正是能體現春風吹又生的力量，台灣人根本不在意也不會去欣賞的特質，直到她去了蘇格蘭高地，才知道人家把自己的原生種植物，說難聽一點用各種方式向旅人炫耀，她就買過一個馬克杯，回家之後查植物圖鑑才知道是蘇格蘭人當國寶的蘇格蘭薊，台灣相類似的原生種台灣奶薊，她小時候在基隆河邊有名的圓山山腳下日本時代稱明治橋的地方也常常摘來玩，搓一搓手臭臭的，總要被媽媽唸一頓，並被交代不要染到衣服。

她認命地從被堆在頂樓加蓋的角落紙箱中翻出當初跟媽媽要錢買的《台灣原生植物全圖鑑》、《台灣高山植物》之類的書搬到小屋，眼看著自己要不務正業，冒著拖延症發作的危險，在整編地質學家的資料空隙中，不放棄自己潛藏的樂趣。

但凡尊敬專業知識的人，都會將專業訓練內化成為一種信仰，尤其是對自己的專業能力的精益求精，一旦有機會精進，就不會放棄機會。阿澄沒想到自己有機會到鄉間工作，雖然跟農作毫無關係，但是可以近距離的接觸植物，觀察初次發現的作物，激動之情溢於言表。

台灣的鄉間在還沒有被開發之前，隨處都可見到客家話說的「單家人屋」，阿澄最喜歡這樣的環境，這時節走在田埂上，一陣風吹過，暖風中帶著一點涼意，雖然白天還是陽光燦燦，黃昏時落日餘暉，天氣算是舒適。遠遠的看到阿惠和另一位阿珍在菜園中比手畫腳，大概是看到了阿澄在田埂邊，揮手叫她，還拿了一把菜跟她揮手，阿澄會意地走過去，發現這幾畦菜園還真大，呈梯田狀的園子，竟是用板岩疊起來的田地，著實震驚人。

「小黃瓜不用煮就可以吃囉。」多講過幾次話的阿惠隨手就給了她四、五條小黃瓜，她要用兩隻手才能拿住，還有點擔心被小黃瓜刺刮到。

「這個田埂好特別，是特別做的吧。」阿澄隨意極目四望這片田野。

阿珍隨即笑了起來，「田塍路沒有整理怎麼會有路，我們小時候都看せんせい（sen sei，先生）叫蕃仔搬石頭來做田塍，這些石頭是從大山裡搬來的喔。」

「你說的せんせい是黃紹丙先生嗎？」阿澄趁機會跟一般人聊她的案主，在心理上會有補償作用，把這樣的對話當作工作，也當作田野調查，就不會認為自己浪費太多時間在不是正事上，比較心安理得。

「嘿啊，這裡所有的田地，屋子，都是せんせい自己蓋的，跟街上的黃家祖屋不一樣，這裡沒有夥房，比較安靜啦。」阿惠細數著也是小時候聽來的訊息。

「你前一陣子打掃乾淨的小屋，以前就是蕃仔來工作時住的，祖屋的人不要讓他們去街上。」阿珍也將自己的認知補充一番。

阿澄看他們叫蕃仔叫得這麼順口，以她的進步思想聽來有點不安，「現在最好不要說蕃仔喔，這樣不好啦。」

從菜園往屋子的方向看，她才發現那幢和洋雙拼的屋子，以及瓦片屋頂的小屋後面是一片梨園，遠遠看似乎有幾株山楂或是李子，阿惠看她望向屋後，隨口說一句，「沒有治理，結的梨子不好吃，不過開花的時候很漂亮。」

她會直至春暖花開，直目梨花李花桃花千樹萬樹開嗎？

阿澄不得不懷疑黃醫師夫婦根本是騙她來清潔小屋，這間屋子要清乾淨並不容易，房子隔成三間，從中間開雙扇木門進出，這一間有桌椅大石頭長條木頭，算是最乾淨的一間，只要沖洗乾淨就行，反正她也搬不動這些大件傢俱，而且看起來不能小看這些桌椅石頭木頭，以收古董的商人眼光看來，應該值不少錢，現在哪裡看過這麼大塊的檜木、柏木以及還要去查岩石圖鑑才能知道的石塊。最麻煩的是靠右邊有一張比單人床大比雙人床小的架子床，上面放著從最小件的一只應該叫「また」鳥的鳥籠，陶缸，藤椅、嬰兒床，旁邊有一張有鏡子的化妝桌跟衣櫥，這大概就是黃醫師說整理一下可以睡覺的地方，磨磨蹭蹭考慮要不要將衣櫥打開，又擔心被灰塵嗆一鼻子或者打開來會看見什麼鬼怪在裡面的驚恐畫面，讓她卻步。她從小就怕開箱子，甚至打開禮品盒時都會有一種恐懼感，大概是她媽媽從小跟她說的鬼故事，都會從密閉空間跑出來，就像「哈利波特」住在碗櫥裡一樣，神仙鬼怪的傳說都是在這樣特定時空中發生作用。

而左邊那一間她基本上走到門檻邊就覺得有條蛇、老鼠或者什麼奇怪的她不知曉的動物會鑽出來，等她真的進去察看時，就只是看到一間工具間的雜蕪，鋤頭，畚箕，大水缸，幾個箱子，甚至有火爐，燒炭的暖爐，蓑衣，還真讓她鬆了一口氣，因為連一隻蟑螂都沒。阿澄試著搬動火爐，想把它搬到屋外當烤肉架，或許，待得夠久，等到冬天時候就真的可以吃炭烤了。

這間小屋的三個房間，左邊角落都有一張小茶几，上面放個小櫃子，雖然很好奇，但這是阿澄的罩門，所以這些茶几櫃子應該暫時安全無虞。

昭和八年 九月二十四日

終於爬到了圈谷，這個冰河遺跡說明了台灣島真是不簡單，在兩個大陸之間，一邊是遼闊的山河，一邊沉寂在海底，雖說沉寂，應該也是沒有一刻安靜過，東海岸無一日不震動，住在花蓮的人都像是睡在搖床上，對地球來說，人類的歷史的確是在嬰兒期。

跟早田君道別之後，從台中搭車直接回台北，就不回新竹了，她啊，剩下一年就要畢業了，台中的餅聽說很好吃，風味特殊，買幾盒回去分送親友吧。

雖然採集了這麼多標本，但是帶了這兩位泰雅族人，我該怎麼安頓他們，真傷腦筋。他們的藤籠子真好用，採了台灣鹿藥，南湖山薰香，附地草，很幸運的看到還有幾朵玉山杜鵑，我把它壓在記事本子裡，也採了一些葉子，玉山凹舌蘭，玉山薔薇，插在瓶子裡一定好看，一邊爬山一邊採集，早田用很疑惑的眼神看我，他一定在想這傢伙不撿石頭，一直採集植物做什麼，他倒是沒有問出口，我也就不說了。

傷腦筋啊，要把這兩位帶哪裡去呀，帶回新竹一定會引起大驚小怪，畢業了，家裡一直催，在那個小地方，大家都早早就嫁娶了，我讓家人心急，關係愈發不好。

阿澄發現這份日記本之後，讀得津津有味，捨不得一口氣看完，刻意地慢慢看，又花了一些時間翻箱倒櫃，看還有沒有刻意被藏起來的日記，雖然目前沒有斬獲，但也找到幾本筆記本，比較像什麼都記的日記本。

如獲至寶大概是這個意思吧。

他在昭和九年四月時，帶新婚妻子去東京參加地質學會，並特別記載早田中雄驚訝的樣子，讓他很不好意思，也提到高校畢業的妻子去買畫冊，畫了不少櫻花，「她在丸の內畫櫻花，說想帶一些回台灣給她多桑栽種，早田覺得很可行，幫忙找樹苗。」

丟開筆記本跳了起來，阿澄迅速地跑到和式庭園找櫻花樹，副熱帶島嶼的秋天，櫻花樹開始落葉，準備來春一鼓作氣盛放，但是她連小屋外面的花圃都仔細看了一遍，怕自己平常習慣了沒注意到有栽種，但怎麼就是找不到櫻花樹。

這個百來坪的庭園，有樟樹，銀杏，楓樹，槭樹，甚至橘樹，孟宗竹叢，玉蘭，木蘭，梔子，就是沒有看見櫻花，著實引發阿澄的好奇心，回到書房後又開始找資料，看能不能找到蛛絲馬跡。

若說阿婆把帶回來的櫻花樹苗全部拿回娘家種也說不過去，就算是阿婆的父親善於植栽，種成功了，在這棟房子落成時，難道不會送給他們幾棵紀念樹嗎？

昭和十二年　三月十六日

攜家帶眷真是不簡單的事，這一次等於是移居東京，提早一點搬過去，一方面是準備開學，一方面是配合早田君的行程，我搬來東京他要趕著回台灣，去紅頭嶼做調查。

這些都不算什麼了不起的事，最讓我感到震驚的是，她在上了船之後才跟我說讓孩子在東京出生，也算是內地人，我真的有能力承擔養兒育女嗎？

第一次體驗到北國的春天，對我們南方島嶼人來說，實在是不習慣，每天在學校的時間很長，有時也會想她自己在家，又懷有身孕，感到一陣心驚，很是困擾。

學校有會社贊助去做白頭山的冰蝕地形，希望我去做，畢竟在南湖圈谷有一些成果，他們很放心我去，去白頭山有很多種方式，我跟學校說先去滿洲國，這個日本人新成立的國家，聽說愈來愈多台灣人去那裡幫助他們蓋鐵路，成立學校，甚至讀書，也想看看自己的同胞去到不一樣的地方，怎麼生活。

讀書、學習，工作好像都不是最困難的事，按照自己的規劃總是能一步一步完成，最困難的是跟人的相處以及跟別人產生連結帶來的改變，總是不能一意孤行。要把懷孕的妻子放在東京，讓她獨自一人生產，有點過意不去，雖說是她自己硬要跟來。寫信給在九州的阿文，讓他們也來東京，最少讓舅嫂來跟她作伴，生產前我再趕回來。

昭和十二年 四月三日

阿文很納悶我特別去九州找他，再去鹿兒島搭船到白頭山，這種心情難以言說。擺脫阿文，搭火車去熊本，阿文笑說我讀夏目漱石的

《我是貓》走火入魔了。

原來是這樣的地方啊，櫻花沿著河道燦爛的開著，她那一年暑假跟先生回來看到的應該不是這樣的景色，我幫她看了。再過一個月花就會凋零，枯枝又還沒長出新葉，想著夏天新綠，雖然暑熱也是涼爽，回程剛好是夏末，我應該再來一次，在同樣的地方，同樣的季節，雖然兩人有各自的人生，但是我們在各自的人生裡努力，不辜負來人世一遭，有同樣的心情感覺，心就靠在一起了。

阿澄是激動的，她最近衝到庭園大樹下深呼吸的頻率愈來愈高，經常在白紙上寫「熾熱」、「青春」還不夠，還用日文寫「しゃくねつ」，〈君がいたから〉這首剛迷戀日劇時看的《在燦爛的季節裡》的主題曲。那時的日劇歌頌青春，強調東京都會工作男女的赤誠，以及提供一個向上，繁榮的時代面貌，一如她看老先生的日記，一九二、三〇年代的台灣男女，學習科學知識，體驗西方文明，一群台灣青年在高校、在都市裡奮力向前，為自己的理想目標前進。

慢慢踱到小屋前瞪視茶樹，黃醫師說他從沒有看過這棵茶樹開花，都懷疑到底是不是茶花了。她在小屋前徘徊，好似下了多大的決心，將那把生鏽的鋤頭拿出來鬆土，又跑去菜園挖了一些土，跟之前燒的雜草灰攪拌，混在一起。

她最近幾乎都待這裡留宿，經常是在書房的沙發上就睡著了；雖然小屋持續的打掃好似可以住人，總覺得有一個自己的地方也不錯，但還是不願意獨自一人在這樣的環境裡睡覺，會讓她很惶恐，也很不甘願，因為她總覺得睡在一張舒服的床上，才不會顯得自己卑微，除非是為了某個偉大的目標，才會將就睡眠環境。

勞動總是能帶來歡愉的心情，這是她在這本日記學到的人生哲學，老先生喜歡勞動，早田前輩更是一刻都停不下來，雖然鬆土栽植會疲憊，但她還是把雜物間的火爐搬到小屋門口，想著先搬出來，下次來時帶個鍋子，並先到菜市場逛一圈，自己做幾樣吃食，倒是有趣。

昭和十二年 九月十一日

出發前收到早田的信，再次提醒有事情可以去上原町找他卡桑幫忙，情真意切，不勝感激，高校時的同窗友誼會是我一生最重要的人生資產。

早田知道我要去白頭山，說在野地裡能夠自在吃喝新鮮的當地食物，是人生最美好的事之一。他說紅頭嶼的雅美人竟然不吃雞蛋，也不敢吃鰻魚，以為那是蛇，祖訓說不能吃，但是對他而言，吃到這麼新鮮的鰻魚，東京的富豪也吃不到的鮮物，真是人生至美。

想到帝大時期去深山裡，雖然當地的農家居住環境不佳，但是新鮮的蔬菜，河裡撈的蚌類，魚蝦，也是我這輩子吃過最好吃的河鮮。

這次去白頭山，不知道雪地裡有什麼特別的食物，不會真的讓我挖到千年人蔘吧，好像在看小說一樣。

搬東西整理舊物，東翻翻西翻翻，看見新奇東西在腦海中描摹一番是什麼樣的景況呢？更何況現在有實體的物品放在眼前，就更引出懸念了。阿澄發現倉庫有幾個藤編的籠子，裡面有乾掉的枯枝，有石頭，石頭明顯是特地挑過的，顏色造型均有奇趣，籠子旁的一顆大石頭，她倒是知道是玄武岩，因為特別去澎湖研究過，沒想到台灣也有玄武岩，倒是有趣，這麼大塊的石頭，到底是怎麼搬到小屋的，看起來連搬進門口都有點困難呢。

阿珍推著阿婆進入客廳的緣側，阿澄聽到聲音跑出來，就看到她們一直在喬位置，阿婆拉著阿珍的手指向楓樹，阿珍幫她調整位置她又覺得很不舒適似的，把自己的身體斜斜地靠在左邊的扶椅上，阿珍不得已把客廳的搖椅搬出來，阿澄既然看到了，就沒有不幫忙的道理，兩人一起扶著阿婆坐上鋪了毯子，墊上椅墊的搖椅上，讓她的頭可以躺在椅背，仰著看楓葉，阿婆才安靜了下來，阿珍隨即離開，阿澄坐在緣側，一會兒看阿婆，一會看她看的風景。

阿珍端了一碗熱的杏仁豆腐給阿澄，順勢坐下來又走到青楓樹下再走回來，挖掘出在歲月流逝中累積的知識：「十一月的時候楓葉會慢慢地轉紅，等到一整樹都紅的時候，葉子就會開始掉落；接著換銀杏要轉黃了，銀杏轉黃比較慢，也不太會一整棵都轉黃才掉葉子，有時候雨一來，綠色的葉子也會掉下來，快過年的時候，茶花就要開花，這一棵是可以壓苦茶油的茶樹，開白色的小花，我最喜歡這一棵，因為小時候看到蕃仔挑樹苗進來，我們只敢躲得遠遠地看。那時候我們小孩子不敢進來，大人都說せんせい喜歡安靜，不要人吵，不能進去吵他，其實是裡面有好幾個蕃仔，對了，你說不能叫人蕃仔，可是我們從小就這樣叫，也不知道他們的名字啊，只有一次好像聽到『布拉』，我們鎮上的人都叫蕃仔『阿布拉』。最角落那幾盆茶花是黃醫師後來種的，聽說是很名貴的品種，一棵是白色一棵是紅色，黃醫師自己又將它們插枝，種了一盆紅白參雜的，現在在祖屋。今天還不用拿火缽出來，更冷一點再拿出來，順便煮茶，很趣味呢。」

阿澄的眼角已經泛著淚光，她最近經常眼角泛淚，比在自助旅行時不小心撞到夢中的風景更易感。她只能埋頭挖著碗裡的杏仁豆腐，又捨不得太快吃完；思念突如其來，母親過世之後，很快到澳洲自助旅行，不可否認是為了避免讓自己被熟悉的事物觸動情緒，無法承受。現今才明白，令人觸動的不是有形的具體物件，是隨時就落在心間的情感，這種情感會一直累積累積，也不會輕易跑出來，要開啟正確的閥子，才會傾瀉如注。

這座庭園粗看似乎沒什麼造景，東一棵西一棵，但細看似乎又有某種排列組合，超過她的理解與知識範圍內的排列組合，只能感嘆自己不學無術，如果能像王語嫣一樣就好了，不會武功但背了所有的武林秘笈，自己不能出手，但是對慕容復有幫助，這不就變成了儒家社會最看重的幫夫運嗎？她最討厭的一種助人方式。

不過有一件事她倒是很快就知曉明白，凡是種在花盆裡的植栽，都是黃醫師的傑作，一看就知道是地方鄉紳的品味，一個在有底蘊的家庭中被培養出來的良好教養，但是對整個環境，甚至是後代都沒有什麼影響力，就像那一盆修到錯落有致的羅漢松，樹齡看起來也有一百多年了，但就是被框在那個大盆子裡。黃醫師有趣的地方在於他也懂得野趣，把庭園裡有凹陷的大石塊鑿得更深一些，用鵝卵石種了一棵蛇木，又在蛇木上扦插螃蟹蘭，再將螃蟹蘭修修剪剪，或許這也是一種意趣，阿澄不了解的趣味。

在她看來蛇木就該放在小屋的花圃隨意置放，讓它自然長出蕨也好，苔蘚也好，這才叫真正的野趣，當然放在庭園的角落，而不是醒目的地方，也是一種造景，然而造景就失去了野趣。

跟捨不得一下就把杏仁豆腐吃完一樣，阿澄盡量拖慢看日記跟私人筆記的速度，規定自己整理完一份學術論文才能看幾頁的日記，因為她一直沒有找到更多的日記本，筆記本倒是多了好幾本，甚至找到一箱署名早田中雄的田野筆記，這位算是前輩了，但是這樣講也不太準確，因為這位博物學家雖然以植物學聞名，但是他的動物昆蟲知識，地質學的論文，甚至原住民的描述都可以當作正式的學術論文，不可小覷，只能說日本時代的台灣博物學家，是幾近全能的學者。

昭和十五年 十一月十一日

早田君的婚禮已過，該回台灣了，他們夫婦倆都喜歡逗兩歲多的阿湳，時光荏苒，阿湳四歲時或許可以再來認識友伴，如果是男孩就結拜兄弟，如果是女孩倒是希望可以嫁來我家，但這種事情說不準的啊。

自白頭山經過鹿兒島到次高山，這一條線多麼美妙啊！

昭和十五年 十一月十二日

去資生堂買伴手禮，實在是不會買女性用品，就任由她挑，倒是拿了好幾本《花椿誌》，跟她說買牙膏和牙刷，她用奇怪的眼光看我說不如多買幾塊洗面皂。

她會喜歡什麼呢？雖說台北現下什麼都有，但比起東京賣的物品，還是差了一點。

她啊，讀高校的時候幫早田君縫襪子，笑說早田爬山時該穿兩雙襪子才不會受傷，在白頭山時真的就記起來了，每次都穿兩雙襪子出門，真是舒服。

松村老師的參考書都跟鹿兒島的風景畫片包在一起裝箱，阿文說要請一輛車來載我們。

昭和十五年　十一月二十日

要離開了，再會吧，東京。

獅子頭山上雲氣蓬蓬　七星嶺上霧朦朧
朝夕不斷掛長空　高尚理想存吾胸
駒足奔騰永不休窮　奮勉繁忙學業中

校歌總是能脫口而出，記得很清楚。

阿澄雖然捨不得看完這本日記，但也是因為自己的日文荒廢好一段日子，有的時候一個句子，要在腦袋裡轉了幾轉才能意會，剛開始是真的不能意會他們既真切又模糊的感情，比同窗之愛更深，比戀人稍微淺一點，像兄弟姊妹又像鄰人淡淡的互相依存，可以說是單戀吧，似乎又更多一點。「她啊」就像是姊妹卻不僅止於此，心靈相通的感情更深刻一些，意在言外。至於夫婦之間的情感，幾乎是看不太出來，或者一個世紀前，夫妻關係就只是親情而已。

阿澄動念開始整理小屋前的花圃之際，正處於秋冬時節不太適宜植栽的氣候。最先引起她注目的小屋花圃的茶樹，以她的專業知識判斷，小屋前的花圃茶樹和日式庭園裡黃醫師栽植的高貴茶樹完全不一樣。不知怎麼地她就靈光乍現，把倉庫裝有枯枝枯葉的籠子搬出來，把一不小心就會被燒光的枯枝枯葉像寶貝般分類，還真讓她撿到一張快破掉發黃的摺得方方正正的畫紙，畫紙上註記：Camellia sp. Bankinsing; A List of Plants from Formosa 可以看出曾經有葉子貼在上面，但葉子不見了，不過憑著Camellia 這個單字，阿澄就能判斷是茶樹，而且是台灣原生種。對於能在自己的本科有所發現、進展，就算是半吊子的專業者，都會興奮莫名，這一籠枯樹枯枝又讓她睡兩天書房。

阿澄跟阿婆的交流並不多，九十歲的老人大部分時候在神遊，相處了幾次阿澄才觀察到對生命而言，葉落花盡只剩枝幹，有時候動動手指頭都是耗力的事，如何保存一口氣，如何順暢的呼吸，一口氣，如何存於天地間？所以他每次看阿惠、阿珍照舊如常以四時的飲饌節奏操持阿婆的食物，每每讓她哽咽激動莫名。

「今天時間比較緊，只蒸一種，水水的（客語，稀薄水分高）。」阿珍解釋阿婆年紀大了，要吃比較軟湯汁比較多的茶碗蒸，並跟阿澄說阿婆自己蒸的茶碗蒸才叫好吃。

「怎麼蒸的呢？我也想學起來，要放些什麼呢？」

「你們年輕人，可以吃比較濃的，料放多一點，也可以吃飽喔，這個水水的，你一定吃不飽。」

「這個也很好吃哩，好像有切碎的銀杏。」

「對，對，一定要放白果，就是銀杏啦，很養生喔。雖然有一點苦，但是沒關係，會回甘。」

阿澄發現跟阿惠或阿珍講到料理，一定要拿本筆記本，料理的細節、眉角才是所謂的傳承，茶碗蒸的海帶跟柴魚煮的湯底雖有一定的比例，但訣竅卻是要用細棉布把渣滓濾淨，口感才會綿密，像這樣的小撇步並不是看食譜書就能意會，而是你吃過了感受到口感之不同，才能問出這麼精細的步驟與它的自有道理。

她們在阿婆旁邊聊天，並不顧忌，阿澄覺得阿婆好像在聽又像沒有在聽，偶爾發話好似有針對性又像沒有什麼意義，真是一種具啟發性的天語。

不是一家人不進一家門，那個女孩子還真像這一家子，喜歡把東西搬上搬下，認真起來不吃不喝，就是一副做事認真的人，讓人不好意思去打斷她。吃東西時慢慢的，好像很好吃的樣子，房子裡的東西好像自然而然的就知道放在哪裡，日本話雖然不是很標準，但是音調很好聽，她是怎麼知道東京人的語氣的啊，模仿得真像。

第一次去東京時刻意模仿他們的語調，但是還是差了一點，在醫院生阿湳時，每件事都要講兩次，護士才會幫你把嬰兒抱來看，但也很快就出院了，因為聽說有一位台灣太太在醫院用西洋人的方式坐月子，出院沒多久就生病死了，兄嫂聽到這件事嚇了一跳，一定要退院把我帶回家，讓阿嫂幫我坐月子，又緊急從台灣送來麻油，天天吃麻油雞，真是不怎麼好吃的月子餐，但是台灣人都是這樣吃的，阿嫂說。

「阿湳，湳，卡桑帶你去赤門等你多桑。乖乖的啊。」

冬

戰爭時期的田野

昭和六年　九月二十四日

台北市古亭町一六九ノ三寄 東京府杉並區和泉町十五番地

早田中雄様

這次你來台灣沒能遇上，和父親回鹿兒島，真是抱歉，寫這一封信給你。關於我即將上高女，本想跟你請教如果我去東京讀高女，不知可行否。雖然我還沒有跟父親提起，應該說不好啟口，畢竟我離開家，就剩下父親一人了，但父親最近有相看幾位女士，他應該是會再婚，我會感到困擾。不好意思，跟你提起這件事，真的對不起。

靜待回覆，因擔心父親多想，麻煩你回覆寄：台北市東門町十六番地給鹽月君，他近來幫我準備高女的測驗。

匆此致謝

九月二十四日　松村雪子

昭和六年　十月三日

東京府杉並區和泉町十五番地 寄 台北市東門町十六番地

給鹽月信一轉

到東京學習是很好的想法，但是先生會極度不放心，請再考慮。

我下學期準備去北海道做田野調查，歸期不定，又好幾份論文要完成，擔心不能照顧你。

距離新的學期還有一段時間，務必考慮再三。

若有進一步想法再告知。

千萬保重

十月三日　早田中雄

阿澄澈底了解了事情不是憨人想的那樣的真正的含義；她以為整理資料就只是將一本一本著作編碼，做簡單漢字註解。沒想到老先生在做學問上，即使到了戰後還是用日文，甚至用英文跟德文，雖然也有少數的漢文，但是看起來比較像還在學習使用的漢字，連語法都還是日文語法。

而且並沒有所謂的一本一本的著作，一疊一疊的散稿，一張稿紙一張稿紙，有些忘了編頁碼，還要看前後文的順序對不對，看這樣的文章最慘烈的狀況是剛好寫到最後一段的最後一行字就此結束，而下一頁的第一段重新開始，尤其重新開始的一段跟前面一段可以有關係也可以沒有關係，遇到作者思緒散漫，浮想聯翩時，你只能安慰自己，天外飛來一筆也有意想不到的境界。

這位地質學家對自己的寫作實在是很隨興，拿到稿紙就用，甚至有時會用圖畫紙一邊畫一邊做註記，寫完一個調查研究，好一點的用紙箱子裝，也有用長方形的餅乾盒子裝的，甚至用布條就隨意地綁起來，放在書架上，放在櫃子裡，阿澄在角落的茶几底下搬出三個餅乾盒子兩捆打字稿。最糟糕的是好幾個被翻動過的抽屜，她真想把那個隨意翻動別人抽屜的人抓來暴打一頓，零散的打字稿是最難整理的，她不想仔細看他的研究成果內容都不行。

這位翻動別人抽屜的傢伙最可惡的一點是做批註，點評他人的創作。阿澄是在翻找到好幾頁日記本的 maruman B5 活頁格子筆記本時，認為紙張太新、字跡雖像但有點差異，比對字跡後才發現在她之前，已經有人翻動並自以為是的針對一些蓋房子的岩石做註記，發現又多出一人讓她很沮喪，不知道要不要追查下去，抑或是擱置不理。

阿澄終於打開一箱註明早田中雄的紙箱子，看起來是早田要去南洋之前的委託，也有可能是雪子在美軍大轟炸時的託付，甚至有可能兩者兼具，畢竟他們台北高校同學中，處境較為安定，家境較為優渥，能夠託付的反而是台灣人家庭的老先生。阿澄一邊體會到沒有電腦時代的原稿、初稿，手寫稿是什麼滋味，一邊又為額外找到書信資料雀躍不已，這一段時間往往把頭從資料堆裡抬起來時，已是四周闃暗，只剩桌邊的檯燈。

她在小屋前一邊烤魷魚和蛤蜊，幾片旗魚天婦羅，一邊盯著眼前的茶樹。一個月前她終於忍不住去買了磷肥，發揮植物系學生的專業，跑到菜園去問阿珍和阿惠何處可以找到鳥糞，兩位熱心的歐巴桑真的就帶了一包鳥糞給她，倉庫的鋤頭可能是五、六十年前甚至是更早的農耕用具，非常沉重難以使用，她也義無反顧地拿出來，將眼前的茶樹整治一番，翻土填新土攪拌鳥糞磷肥，做得不亦樂乎，雖然心裡有做最壞的打算，可能趕不上這一季的花事，但每天都會花一點時間觀察成長狀況，在樹叢中發現一片新葉，新芽，可能冒出的新枝椏中，透露出期待。

「這麼有趣味，」黃醫師突然出聲，把阿澄驚到哇哇大叫，黃醫師摸摸鼻子很不好意思，阿澄叉了一根魷魚給他。

「這兩棵茶樹根本沒開過花可能是公的，」黃醫師不客氣地邊嚼魷魚腳邊說。她對這種沒常識的話，通常當笑話聽，不過她現在分不清黃醫師是真的沒常識還是說笑話，畢竟聽說他將兩盆茶花變成三盆，理論上不會沒有關於植栽的常識。

人凡是學到一點知識，尋到機會就會顯擺，不管是多大年紀的人，絕對不會錯過展現自己的機會，尤其是男人。對於黃醫師這類教授級的老師，更是不會錯過好為人師的時機，畢竟一般人如果能獲得一點心得，都不會放棄說三道四的機會，更何況他是醫師又是大學教授。

「聽說你在找鳥糞，」黃醫師查看茶樹下翻土的痕跡，「雖說磷有助花苞生長，但是本地的土質太黏不透氣，要加一點紅砂會更好。」

「嗯，這個是花苞吧？」阿澄內心雀躍萬分，但是不動聲色，他對這種老師一向是保持距離，以策安全，但是又無可奈何要附和時，就盡量表現得淡淡的。

「哦，你厲害喔，我那一盆互相扦插的盆景，花了兩三年，你一來這棵茶樹就要開花了，不容易哦，不過花苞能不能開花成功，還是要看天氣，距離開花還要一段時間。」黃醫師幾乎把所學的茶花知識的畢生功力，無私地和阿澄講述。

「謝謝，我盡量顧好。」阿澄除了謙卑也不能多做表示。

最近經常說島嶼四季如夏，熱天一天多過一天，只有火焰山以北稍微好一點。阿澄認為這個小鎮算是幸運，該落葉的時候依然落葉飄飄，阿婆每週來的次數多了一兩天，依然坐在那看楓紅落葉，等著銀杏變黃，旁邊讓黃醫師照顧有加的茶花，果然花苞滿枝頭，嚷嚷著說要將花苞疏散，才會長得好看。

她在田埂間看落葉已盡的梨園，還沒有開花的梨園裡分不清哪棵是梨樹哪棵是梅花，更別說桃花和李花，阿珍說最早開的會是梅花，有一棵白色的，其他都是紅色。因為她為這份工作定下了一張時刻表，並勉力自己能夠做到，時時感受到時間的緊迫，在做其他事情時，只能疏忽而過。像每天的田間散步，雖是很享受的一段時光，卻往往只能站在路邊看看，極目判斷那一片枯枝上的花骨朵，到底是什麼花。

愈靠近菜園，突如其來一陣心虛。她一直有個依賴人的壞習慣，自己心知肚明只是期盼不要太明顯，就像在台北上班的時候，固定吃一家早餐店，吃到老闆娘熟知她的口味習慣，像家人一般無須多言，有新鮮的食材時會問她要不要試試口味，她以前習慣早晨喝一杯精力湯，但是又跟店裡的標準不太一樣，她喜歡打得粗一點可以嚼到細細的菜葉，要加一點薑，酸梅醬要多一點，喝起來甜度才會夠，因為這樣的喜好習慣，所以整間店只有老闆娘會打她的精力湯，老闆娘也會特別看顧她，看見她進門就準備她的吃食；就像現在住在這個小鎮，少回台北，就開始依賴阿惠和阿珍，阿惠跟阿珍常常摘一些菜給她，幫阿婆做的點心也會給她一份，甚至早上過來時會先經過菜市場買一些魚鮮或肉或水果給她。

「阿惠姨，謝謝你叫人來幫我裝蓮蓬頭。」阿澄跟阿惠點頭致意，雖然是黃醫師夫婦讓她隨意使用浴室和廚房，但是如果沒有新裝的蓮蓬頭，那一間浴室並不好用，更何況還換了熱水器。

「不用客氣啦，是阿珍的堂弟做水電，阿珍叫的。」阿惠完全不居功。

「謝謝阿珍姨，在這裡有你們，真的很舒適。」阿澄狗腿起來，大方毫不吝嗇。

「唉呦，不用這麼客氣，你上次給我的按摩油跟香包才舒服，香包被我老ㄟ拿去泡澡，比我還享受。哪裡買的啊？」

「天氣愈來愈冷，你們到菜園還是要保暖，有暖暖包嗎？我有帶幾個來，阿婆的房間很暖，不用暖暖包。」阿婆有一天就突然跟一起看落葉的阿澄說以後要過夜就睡她房間，不過她有老人味，叫她要忍耐。

她現在以小鎮為家，阿惠與阿珍就理所當然的被她依賴了，私底下阿澄也有一點沾沾自喜很能擺平有歐巴桑特質的婦女，不管是自助旅行時還是在島嶼自家裡。她有一年六月在紐約，有個很照顧她的旅館餐廳歐巴桑，每天早上幫她留一個喜歡的原味貝果跟奶油醬，蘋果幫她另外洗乾淨，她用的咖啡杯印有小菊花那一只，放在盤子的最角落，不容易被拿走，不過她的死黨阿瑞說那是因為她每天給兩塊美金的小費很大方。

昭和十七年　六月十三日

回台灣兩年，一直往返台北新竹，雖然尚稱便利，但是無法安置早田囑託的布拉和巴納幾位，心中實在不安。

戰爭似乎愈來愈緊迫，早田來信要去馬尼拉協助美籍的民族學家，會先到台灣來，他一直無法忘情紅頭嶼的研究，眼看要完成了，卻諸事繁雜，我的南澳地形繪製，比起來算是簡單多了。

最近家裡又提出煤礦探勘的事，若回家幫忙，或許可以要求資助蓋一棟房子，也讓他們有個棲身之所。

她啊，果真有家學傳承，愈來愈有老師的樣子了，聽說三女高的學生們都很喜歡她，前兩天去看松村先生，榻榻米上的小嬰兒長得跟她真像，但是一個人要去學校又要帶孩子，很辛苦吧。

昭和十七年　六月十四日

和松村先生說早田君要經過台北的事，松村先生提到了她的丈夫先回鹿兒島等著去南洋就任，因近來戰事吃緊，書信往返比較慢，還不知道會派到哪裡去，如果也是菲律賓，說不定能跟早田會面，但是也有可能去婆羅洲，而且婆羅洲需要的人力更多。

家裡是絕對會想盡辦法不讓我進入軍隊，但是卡桑非常擔心，每天都託人打聽消息，不過我想擔心也沒有用，軍方要徵調人手時，不會管個人的處境，最近卡桑到處拜託人問有什麼管道可以避免被徵調。

依照我的判斷，繼續留在學校做論文，或許可以避免被徵兵，相信軍方也很需要台灣供給軍用物資，或許他們正在期待家裡可以提供資源呢。

跟早田君通信知道他反對戰爭的心情，也不願意自己的研究因為戰爭停頓，我現在還有餘力，應該把房子蓋起來，讓他們有棲身之所。

一陣煙味飄來，阿澄以為自己前一天在花圃燒枯葉沒有熄滅，又燃了起來，趕緊提著一桶水跑到花圃，卻沒有看到復燃的痕跡，她又再次把提來的水澆到餘燼上頭，繼續巡過房子每個角落，查無異樣。經過阿婆的隔壁房間時，她以為自己聞到不明顯的煙味，又以為是自己太過緊張，疑心病起，因為那一間房子被特別交代不能進去，她也從來沒聽到過聲響，以她對開箱子的恐懼心結，自動就把任何疑慮都拋在一邊，認為那個房間不會起火。

走到籬笆外伸個懶腰仰頭時才發現，煙來自屋後，她又繞到菜園走到屋後，看誰在屋後燃燒，站在田埂上腦內警鈴大作，一股氣直衝上來，這人真沒常識，不知道pm2.5是什麼嗎？阿澄習慣性地在一覽無遺的菜園裡找阿惠和阿珍，此時也不見人影，只好扯起嗓門喂喂的大叫起來，那人看到她好似沒看見，繼續自己的事，阿澄不得已走進梨園。

「誰讓你來弄的？」一般而言阿澄並不會這麼凶狠，可是突然她就有了要保護這些風景的心情。

「我自己。」阿澈一向一開口就有不容置疑的氣場，雖然口吻平和，但自然而然一錘定音的氣勢就出現了。

阿澄突然顯得氣弱，不過還是很堅定說出，「你知道農田不能隨意燃燒稻草吧，你有一點pm2.5的常識嗎？」

「哈、哈、哈、」阿澈突然笑得很暢快，「你晚上會踢被子，我阿婆的被子很暖喔。」

她一時反應不過來，感到錯亂又傻眼，不過憑著多年自助旅行臨危不亂的訓練，穩了一穩心神，「這跟你亂燒亂放火沒關係吧。」

「是沒關係，不過誰讓你睡我阿婆的房間？」頭腦明晰，不隨便讓人牽著鼻子走是阿澈對付客戶的方式，尤其他的客戶通常財大氣粗。

「阿婆叫我去她房間睡，我就去，不可以嗎？」其實一開口阿澄就發覺自己被繞進去了，懊惱至極，一子錯全盤錯，真是至理名言。

「不是不可以，不過這幾天你就忍耐一下，五、六年沒除草，也是沒辦法的事。」他的意志從來不曾動搖過，對阿澄點點頭，「你叫什麼名字，我叫黃也澈，叫我阿澈。」

「楊亦澄，阿澄。」

雖然空間偌大，但多一個人就失去了一個人的自在。

阿婆還是坐在她的老位子，只是進入一月份，空氣的確比較濕冷，已經是把火缽拿出來的時節，讓阿澄好奇的是吃豬腳燉花生甜湯，她第一次吃甜的豬腳，而且燉了兩種花生，一種剝得乾乾淨淨特別掰開兩瓣燉得稀爛，一種還是完整的一顆，花生膜還留著，咬起來脆脆的有口感，阿惠說：「因為上了年紀的人跟少年人喜歡的花生不一樣。」

坐在阿婆旁邊的阿澈拿起放在茶几上花生湯餵一口到阿婆嘴裡，阿婆接過手自己端著，阿澈坐到阿澄旁邊，對著阿惠說：「阿公到過世前還喜歡吃硬硬的花生，啃豬腳也沒問題，每次都幫小杉啃有嫩骨頭的排骨。」

「因為女人懷孕生孩子會流失骨質，所以牙齒比較快掉，你沒聽過生一個孩子掉一顆牙齒嗎？」

「對，對，阿澄真棒，知道這種事。」阿惠好似得到知音。

阿澈翻了一下白眼，端了自己的花生豬腳湯到樹下的大石頭上吃。

「今天冬至，有煮豬腳麵線嗎？」

「先生娘會幫他煮啦，燉豬腳甜湯給他甜甜。」阿惠笑著看阿澈。

阿澈扮起耕作人也是像樣的，至少比起他的醫師父親像個勞動者，畢竟他念建築系的時候經常跑工地，甚至後來自己的建案、設計圖，也是會跟著工人在工地跑的那一種建築師。但對這一片梨園他就躊躇再三，一年拖過一年不去治理，五、六年一晃而過。他剛回到小鎮，想找幾個高中死黨來幫忙勞作，順道敘舊，最好能花半天時間就把枯枝雜草全部燒掉，但是前兩天只不過燒了一小堆雜草就被抗議，心情上有一些憤憤不平，今天站在這裡時就有一點不知道如何下手了，愈想愈不甘願就真的撥電話「撂」同學過來，一掛上電話竟然就看見阿澄拿著鐮刀、穿著球鞋，還戴著帽子，從菜園的邊坡跳下來，他真心替她捏了一把冷汗；阿澄也沒讓他失望，一屁股坐在草叢裡。

「我也想看看春末一樹梨花壓海棠。」一講完，她就後悔得要死，不過看對方沒什麼反應，或許他的中文程度不怎麼樣，不知道自己在講什麼，所以若無其事地站起來。

「除草容易，等會雜草要怎麼辦？」

「你還沒想好，就要大動作清除？」阿澄正好看到一台小發財車在菜園邊的小路上，跳下來幾個男人。

「就地燒一燒最方便啊，但有人就會囉唆。」能夠倒打一耙，阿澈頗得意地笑了起來。

阿澄看見兩個愈來愈接近的人，閉口不語，一副看看他們要幹些什麼再說的樣子。

兩個人抬著一台機器，看起來像是除草機，其中還有一個帶著腰包，比較像工人不像農人。

「用這比較快啦，刀子要割到什麼時候。」帶著腰包的阿洛看起來身手俐落，另一位叫阿璋的就慢條斯理跟在後面，阿澈介紹他們兩個是高中同學。

「叫我阿澄就好了。」阿澄聽他們小姊小姊的叫，很不習慣。

「你聲名遠播喔，鎮上的人都知道你，」阿璋一下就人來瘋地開起玩笑來，「聽說你很厲害，什麼樹都知道，還要培養茶花喔，那棵不開花的給你養，開一朵十萬塊。」

「你說真的？這麼值錢喔，我都不知道，難怪台灣是寶島，遍地是黃金。」阿洛也不甘示弱的起鬨。

「有可能不止這個價錢喔。」

「啊！」其他三個男生大驚小怪，一臉你可以繼續掰下去的神情，但也因為這樣，這三個死黨好像就跟阿澄親近起來。阿澄的確常常在不知不覺間就會讓人親近，一種與生俱來的氣質，落落大方。

「騙你們的啊，這樣那兩棵茶樹就送我囉。台灣原生種，目前只有英國皇家丘植物園和美國標本室有標本。一八九二年英國人亨利．奧古斯丁在高雄萬金庄採到的台灣茶花，開黃色小花，台大植物系正在培養，如果我的比他們快開花，嗯，這樣。」阿澄很擅長聊天般地平靜說故事，卻讓別人聽得目瞪口呆。

「不對啊，你怎麼知道是黃色小花？」阿澈是他們三人中最會抽絲剝繭的，他們常說蓋房子的連一顆釘子都不能放過。

「是有人種成功過，不過還不夠多，只要多一棵就有一棵的價值，沒看過《天龍八部》啊？」

「哦，我要，我要。」三個厚臉皮的男人果然相信了。

在阿洛跟阿璋小心翼翼地圍著那兩棵山茶樹的時候，阿澄幫阿澈打下手，把一顆一顆還帶著殼的蚵仔剝開，阿澈負責顧火烤食，這位高中畢業就到日本受教育的男人，維持著一貫優雅的日式烤肉風格，不經意間就說出故事的脈絡。

「如果我沒記錯，阿公在臨終前有交代，這間房子的東西要還給他們，裡面應該有一些植物和石頭，好像還有幾個樹根，泥土都還在。對了，這個烤爐應該也是他們的。」阿澈畢竟是這間房子的主人，展現了所有者的瞭然。

「你滿清楚的啊，但是你知道要還給誰嗎？」

「對嘛，而且是因為阿澄的培育才會開花，雖然所有權不是她的，但是可以分版權，需要的話我是可以幫妳擬律師函。」阿璋這時候很自然的表現了律師的精明幹練。

「喂，是怎樣啦，我不幫你們賣，你們什麼也沒有。」阿洛也想要分一杯羹了。

「根本沒有的事，說得這麼高興。」茶花有這麼容易開嗎？我就沒看過這棵樹開花。

不知道什麼時候走進來的黃醫師，掃了他們一遍，「這麼會享受。這麼久都沒有人治理了，現在才想到，也不值得什麼，有什麼好爭的，茶花界有茶花界的規矩。」說完又趕快轉身就走。

阿澄端著一盤烤好的食物追著出去給他，黃醫師也沒有拒絕，端著往客廳緣側走，「有看到一只鳥籠嗎？那是我的。」

阿澄轉身就跑回小屋右側的房間，架子床上的一個鳥籠掛著吊牌寫「まだ」，她在房門口站了一會兒，就聽到阿澈喊，「這一盤給你。」

「說不定該保存的是這一棟小屋。」阿澄從阿澈手上接過燒烤，不過圖書館的預算大概做不起來，除非大建築師大律師大商人想辦法每年撥個幾千萬，從這塊石頭開始標註保存，阿澄踢踢她腳下的門檻。

「爸爸，爸……」一個三歲多的小男孩掙脫媽媽的懷抱，向阿洛衝過去。

「歡迎偉大的歌手，還有綠手指來主持大局。」阿璋手腳俐落的攔截小男孩。

「阿洛的太太柔雅和兒子小恩，」阿澈跟阿澄介紹突然闖入的一大一小，有著美麗大眼睛的女人和小孩。

阿澄直視美麗的女人，挪不開眼，並跟她微笑，「我覺得我應該知道你，或見過你欸。」

叫柔雅的女人臉上一直掛著微笑，跟阿澄點頭，「你知道的可能是另外一個名字喔。」

「對嘛，尖石，一間 pub，對吧？」

「你怎麼會跑到那邊去？你連去登山都要跑 pub 喔。」阿洛又開始插科打諢。

「不要跟我說你去採水蜜桃。」阿澈斜睨著阿澄。

「有啊，我還認養了一棵有機水蜜桃，三千元，到現在還沒結果。」阿澄聲音一落，其他人笑到東倒西歪，而且大家心知肚明她為什麼會去認養水蜜桃，「果然是都市女生，又是一個好心的文藝女青年，你是跟水蜜桃阿嬤認養的嗎？」柔雅邊笑邊說。

「對了，偉大的歌手是小恩，緣手指是柔雅。」阿璋跟阿澄笑一下並解釋。

柔雅雖然生在小鎮，但國中開始常常跟父母回尖石種菜，種水果，假日載運到新竹周邊的小鎮來賣。她是泰雅族人，念小學時音樂老師看她有音樂天賦，教她彈鋼琴，又有一副好歌喉，大學開始就在歌廳駐唱。

阿澈三個死黨從小就認識她，國中開始三人輪流追她，只有阿洛毅力、耐力超乎常人，一直都沒有放棄，直到三十歲才把她娶回家。阿洛其中一項生意買賣就是在尖石的山坡地上育苗育種，靠著柔雅跟父母的幫忙，在台灣的種苗界頗有名氣。阿洛說要靠他賣這幾棵茶樹也是這個原因。

阿澄福至心靈，腦袋突然靈活起來，拉了一下柔雅，「你們也有種山茶花？」

「桃竹苗的縣政府這幾年來不知道為什麼爭相推廣山茶花，我們新竹縣成績算最好的。」

「因為有特殊品種嗎？」

「這個就不知道了，因為我們種得不多，而且茶花要種到極品，其實要花很多錢，像黃醫師那樣才可以。」

阿澄對著阿澈笑，「哇，原來令尊才是武林高手，真正的王夫人。」

「對啊，我們山茶花的苗幾乎都是黃醫師看過說好才開始培養的，像要種苦茶樹，也是黃醫師建議的，但是真正的極品，只有一兩棵的，就要靠黃醫師自己培養囉。所以你這兩棵，黃醫師看過吧，有說什麼嗎？」

阿澄苦笑，她一直以為黃醫師這種業餘愛好者只是好議論，沒想到兼差的達人才是真正的高手，講的話都不是隨口說說。

她接了這份工作，換個生活環境，她以為跟以前一樣只不過是一份工作，跟上班族沒有兩樣，她突然覺得自己錯得離譜。她開始學習一項新的知識，她認識的人沒有一個是簡單的，就連阿惠跟阿珍都有特殊的才能技藝，阿珍的山歌在客家電視台的山歌比賽拿過年度第一名，假日經常在全台各地的客家村落表演，在小鎮也是每一季有兩週的時間晚上在教山歌，學生從五歲到八十歲。阿惠的客家粄食也是客家村廟會比賽的常勝軍，常常帶小鎮的婦女到處去參加料理比賽，是阿澄心目中的料理第一人。

她不知道是這個小鎮的人特別有才情，還是除了都會上班族之外，島嶼各地的人都要身負多項才能，多種技藝，才能在這個殘酷又複雜的環境生存下去，就像還有博物學家的年代，每一位學者都要能夠跨領域，對所有的知識都要有探究的能力。

以阿澄對黃紹丙這位學者到目前為止的認識，表面上是位專注的地質學家，但是一如他那個時代的學者，對許多知識都有涉獵，而且是廣泛而專精的研究，就像他的高校同學早田中雄，一位博物學家，寫過動物、植物、昆蟲、地質等論文，甚至出版登山誌這類的文學作品，對古典音樂也不陌生，更別說他們的語文能力，每個人至少都會三到四種語言，因為他們對學術的熱情，帶來台灣的文明進步，讓台灣在一九二、三〇年代有過輝煌的盛世。

「這石頭有什麼特別，你不要告訴我這整棟房子都是寶喔。」阿璋的視線越過小屋的黑瓦。

「不懂喔，光是那些樹頭說不定都要做碳十四鑑定，千年古樹。」阿洛講完自顧自哈哈大笑。

阿澈拿了一顆蛤丟他，讓他順利接起來，「到底有沒常識，千年古樹叫煤炭，知道煤炭是什麼吧？」

「你最好先問過你阿公，什麼叫二疊紀。」阿澄講完摀著嘴巴笑起來，被阿澈巴了一下頭。

黃紹丙日記

昭和十八年　四月六日

早田自東京來信，說已經回到日本，但意識到時間緊迫，迫不及待將幾篇著作交給出版社印刷，但是目前缺紙，無法印刷。我去信要他把論文寄來台北，或許有機會出版。

農舍已經開始建造，布拉和巴納至少先有個地方住，雖然簡陋但可遮風避雨。至於其他，等待建築圖出來，很是期待，也不枉我過去半年經常去設計師那裡討論，真期待建造出理想的房子。

想像阿滴在緣側看書的樣子。

昭和十八年 十一月三日

美軍開始對新竹空襲，恐怕是新竹基地的原因吧，房子已經開始起建，要疏散到哪裡去呢？

昭和十八年　十二月十日

眼看著要過年了，猶豫著要不要將家裡人帶到山裡溫泉區，阿文也說要預留幾間房間給我們，卡桑恐不願意。多桑倒是想遷到台北去，並想在宮前町多買一些地蓋房子。

她啊，台北還安全吧？

鹽月雪子寄給黃紹丙的信

昭和二十年　四月十五日

台中市雙冬　寄　台北市宮前町十八番地　黃紹丙様

大家都平安嗎？

我們學校位在台中雙冬，一個很特別的地方，田園景致實在是美麗，想到你們早一年新竹空襲遷至台北，現在又遇台北空襲，不知安然無恙否，要再搬遷嗎？又能搬遷到哪裡去呢？

多桑一人在台北，若是還有餘裕，可否代為照看。

我在此帶著學生幼兒，每日讓大家做一些農務，種菜，養雞鴨，有剩餘的青菜，也教導學生醃漬起來，附近的婦人知道之後，也跑來跟著學習，但我也反過來跟她們學了一些技巧，因為本地人醃菜的方法跟我知道的不一樣，他們通常會先讓太陽曬一曬，就有了日光的味道，這是南國才有的特殊風味呢，浪費了好幾個冬天的陽光，好可惜啊。

不知道何時能返家？這些醃菜又可以吃多久呢？

然而最重要的還是不能讓學生落下功課，每日上一些國文，盡量發音準確，但是大部分時間還是在縫紉，以及花時間在農作上。前兩天教他們插花，當地人都覺得有趣，圍過來看。

讓你照看多桑，實在勞煩，諸多不便，尚祈保重自己。

匆匆，致謝

黃紹丙樣

四月十五日　鹽月雪子

黃紹丙日記

昭和二十年　五月三日

現在天天都在躲空襲，做事斷斷續續的。她啊，必須帶學生幼兒離開，松村老師獨自一人留在台北，真希望多一點時間去看他。

新竹最早遭遇空襲，多桑堅持全家搬遷台北，我仍不放棄建造屋子，得空就趕緊回去看建造的情形，變成新竹台北兩邊跑，有時候在火車上就看見遠遠的地方有火光，暗自害怕，驚嚇。

反覆掙扎，還是把全家人遷到北新莊仔，但我白天還是在大學的研究室，想盡辦法把重要標本，研究成果打包好，搬到地下室去，真是擔心，除了自己的研究，早田君去南洋前也寄了一些物品，這些當是比自己的物品更加需要保護，要想辦法找個地方，好好保存。

昭和二十年　八月十六日

和先生一起聽玉音放送，百感交集，先生隨即問他們快回來了吧，真是不容易，這一段踈開時期，他都沒有問過我一句她的事情，真是煎熬。

除了這件事沒有開口，我們對早田君以及被徵調南洋的親友，一直在忐忑不安中，怎麼轟炸結束了，才開始憂鬱了起來呢？無法執筆。

鹽月雪子寄給黃紹丙的信

昭和二十一年 十一月二十八日

台北市古亭町一六九ノ三寄 台北市宮前町十八番地 黃紹丙樣

感謝這一直以來的照顧，請多保重。

所幸有你照顧多桑，直到他生命的盡頭，仔細思考再三，尊重多桑要埋骨台北的心境，我完全能夠體會這樣的心情，如果有一日可以回台北，或許我也會做這樣的決定。

準備回鹿兒島，上星期將能留下來的物件，都寄往君處，又再一次麻煩你，你送給夏蓮醬的諸多禮物，悉數盡收，這是她將來在台北出生最好的證明，也是她永恆的羈絆，甚至，以後她問起她跟蓮花有什麼關係，都會有一個美麗的故事，在遙遠的南方一位叔叔幫她取的名字，畢竟日本人不常用蓮字當名字，聽說這是南方才能看到的盛開場景。

日後之事無法預料，不知遣返士兵會不會返回原籍，如有其他學友訊息，祈盼告知。

匆匆

十一月二十八日　松村雪子

黃紹丙先生

阿婆過了八十歲之後經常說自己只記得以前的事，現在的事過了就記不起來，雖然不到阿茲海默症的程度，但老年人記憶退化，只回憶往事，念念不忘的情事，思思念念，如此深刻。

這一天阿珍將阿婆在緣側安頓好，又折回客廳拿了一條像似蘇格蘭高地格子毛毯，阿澄眼尖發現毯子一角有隻米老鼠，叫了一聲，「好酷。」阿婆摸摸毯子，又用手抓米老鼠說，「本來有兩條的。」阿澄等她說下去，阿婆手又抓了抓毯子。

「我們又回去東京了，這次搭飛機喔，很快就到了，阿湳沒有帶去，他每天都去帝大開會，只剩下我一個人，我就去學裁縫，打毛線。東京的布都很好啊，剛開始學怕自己做不好，都做小件的衣服給阿湳，一直到快要回家的時候才做了一件襯衫。」

「這條毯子去哪裡買的？」阿澄實在想知道這麼時髦的東西怎麼來的，阿婆對這個問答，想了好久才說起來。

「我們要回家了，要買『等路』，就去銀座挑，他以前就很喜歡Mickey Mouse，杯子也買Mickey，帽子也有Mickey，我們在銀座的百貨公司看到這條加拿大進口的披巾，真是喜歡，就買了兩條，一條給我一條給卡桑，回台灣後一直找不到另外一條，好像沒有帶回來，在東京不見了。」

阿澄安慰她幸好還有一條，用這麼久也值得了。

從黃紹丙先生的大事紀來看，他在東京的時間剛好是全世界都在瘋迪士尼的那隻老鼠，自東京、上海、倫敦，到台北，當時一些有能力的人開始有計畫地蒐藏米老鼠的物件，以他的能力看來，買幾樣米老鼠的物件並不稀奇。

阿澄在google米老鼠的歷史時，阿澈敲她書房的門，「我不知道你跟籌備會的人怎麼約定，不過我希望私人的事你最好不要插手，就算你知道了什麼，最好一個字都不要說。」

「你會不會想太多了，公眾人物的私事跟公事，要怎麼區分，公道自在人心。」

「你最好說到做到，心存公道，再多一點謹慎，我阿婆很多事都纏在一起，真實的情況是怎樣，不一定是你想的那樣，不要妄自揣測。」阿澈說完急著轉頭就走，又停下腳步，「阿珍姨有事先回去了，阿婆還在這裡。」

她看到鋪了兩床被子的阿婆房間，油然升起一種安心感，這個家的人好像按照各自軌道在生活，不需要多說些什麼，大家自然而然地運作生活，就像阿珍要離開前一定會先幫阿婆鋪好床。

直到阿珍跟她道歉，提起女兒因為騎車跟人擦撞，她急急忙忙跑到醫院，沒來得及幫她們鋪床，實在失禮，並問她棉被夠不夠暖，那一天比較冷，有沒有把比較厚的棉被拿出來用，如果有用過，趁著有太陽時她要把棉被拿出來曬。她才恍然大悟，原來那一天幫她們鋪棉被的另有其人，而她直覺知道就是那個誰。

阿澄對自己的後知後覺經常感到扼腕，尤其經常自助旅行對別人的防衛心理應有更深刻的體會與敏感度，可是她並沒有這項特質，甚至要過了很久之後才發覺原來是別人在防衛她。但是這一次一開始她就敏感到阿澈在抵制她，在清理梨園的時候，她就知道阿澈對她的善意都不置可否，保持距離。甚至仔細想想，黃醫師雖然看起來對她的工作內容都不聞不問，看似不想關心理解的態度，但有時候也會說出若有所指的話，讓她的腦袋要轉好幾圈才能明白。還有阿婆，她經常無法辨認她是記憶深刻還是無心隨意的一句話，而她的一句話往往是她整編文件的契機與線索。

她對客廳一疊一疊的唱片早就想動手了，看起來有點亂但似乎自有其邏輯，所以看見阿澈坐在那裡一下拿起這一張又放回去，又拿起一張在發呆的時候，她本想偷偷溜回書房，卻被逮個正著。

「卡拉揚這麼精準，對偉大的指揮來說只是精進的過程而已，錄音精準本來就是應該的，但是終其一生，上台時連頭髮都一絲不苟，這點倒是不容易，當然也有人剛好相反。」

「你是還沒決定是要按照作曲家，指揮，演奏家，還是時間排列喔？」阿澄突然很精準地意會到原來之前散亂一地的黑膠是這個原因，自從成為黃紹丙紀念圖書館的資料研究員，籌備會給她的名片是這麼印的，她變得很喜歡玩推理遊戲，自己樂在其中。

「都不是，是要按照誰的蒐藏來排列，這叫所有權，知道吧？」

阿澄聽到這種答案，錯愕之餘，笑不可抑，毫不客氣地坐在地板上大笑了起來，「你會後悔，雖然建築很強調所有權，但不是每一棟建築都有價值。」

阿澈怎麼會不明白這種道理，只是怎麼排他都是最輸的一位，誰叫他是孫子，在出生順序上就弱勢，他有什麼話好說的，只不過到最後這所有的都會是他的罷了。但是這種不言自明的論調講出來就等而下之了，所以他也只能苦笑。

「你知道貝多芬九號最早的錄音是哪一張嗎？一九三七年在倫敦公演的柏林愛樂，由福特萬格勒指揮，昭和十二年我阿公剛從白頭山的調查結束回東京，他們就在東大的講堂聽錄音。」

「咦，那貝多芬奏鳴曲的錄音早個三、四年，是怎麼一回事？」

「怎麼說？」

「我在老先生的日記裡看到早田君寫信給他提起，回想玉山群峰之旅，好像咀嚼貝多芬的熱情奏鳴曲，自己像一個作曲家，反覆思考如何把自己的山旅情懷譜成一首樂曲。這是昭和七年，一九三二年的事。他應該是聽錄音不是現場演奏吧。」

「你找到阿公的日記？有多少？」

阿澄猶豫一下還是告訴他，「目前兩本，合約規定書房的資料都歸圖書館所有。」

「左伯彰一編輯三島由紀夫全集時，不但尊重三島家族也尊重川端康成家族。」

「我知道，我會先編目造冊，不是學術研究的書寫，會先跟你們講。」

「跟我講就可以了，我是這棟房子的繼承人。」

「黃醫師說鳥籠是他的。」

他們兩個還真喜歡鬥嘴，阿澄在鬥嘴的同時想到她要不要一邊看日記書信一邊翻譯下來，不過依照自己的日文能力有限，不但速度會變慢，又會延遲時間，就把這個想法壓下來，只是自己看看過癮就好，尤其，她發現繼承人竟然是這一位，直覺上將來一定會有爭議，在學術領域裡，家族跟研究單位的爭執從來不缺。

阿澄春節過後恢復工作，計程車把她載到籬笆口無法掉頭，一直往前開，她跟在計程車後頭走到菜園邊，看見春天的田野，也遠遠地看到一個男人拿著鋤頭持續地上下敲打梯田田埂。阿澈好似感應到有人看他，一抬頭就看到阿澄把手放在額頭上擋陽光，他也抬頭看看日頭，春天也會有刺人的陽光，讓人汗流浹背。

阿澄看到他眉毛貼著紗布，正想要大笑，阿澈一臉嚴肅眼神凌厲，「被阿洛的鞭炮炸到。」又繼續手邊的工作。

「你在幹嘛？」阿澄忍著笑，她想笑的其實不是他的紗布，是這麼嚴肅的臉講出這麼幼稚的事。

「你知道梯田怎麼來的嗎？」

「啊？」

「梯田是農人搬石頭一層一層疊起來的。」

「我之前有想過住在小屋的原住民被老先生帶來小鎮，到底是為什麼，應該不是單純讓他們一起來生活吧？」

「日記裡沒有寫啊？」

「可能有，但是我還沒看到，速度沒這麼快。」

「你看看泥土底下，一疊一疊的頁岩，需要花多少人力跟時間，才能從大山搬出來？從溪裡挖出來？」

阿澄回答不了這樣的問題，「你很喜歡勞動啊？這不太像是茶來伸手飯來張口的大少爺會做的事。」

「或許資料整理到後來，你會發現地質學只佔他人生的一小部分，他的人生還有其他跟專業無關的事卻更需要專業。」

阿澄跟在阿澈後面走回去，突如其來一陣輕風，她仰起頭，喉嚨一陣緊縮，眼角滴淚。

在她突如其來的感傷之際，阿澈猛一回頭看她，讓她又想生氣又想笑，倒是對方繼續往前走並打破尷尬，「你知道我去年一整年在哪裡工作。」

「哪裡？」

「我到南法做了一年研究，就你們女生最喜歡的普羅旺斯。」

「沒喔，我只有一點喜歡而已啦。」

「那裡是全人類最嚮往的夢幻之地，但是仔細研究地中海型氣候發現，夏乾冬雨並不是真的那麼舒適的環境，歐洲人卻把地中海沿岸創造成最適合養老、度假的聖地。你過年前在波斯菊田走路的時候還說出這裡真像普羅旺斯的話，我想是田野風光與波斯菊讓你有這樣的誤解。普羅旺斯變成有地方特色，有農村景象，有田野風光是靠優良的灌溉系統與土地政策換來的成果。你知道地球上最晚滅絕的智人克羅馬儂人的洞窟在普羅旺斯發現好幾處，在洞窟裡的壁畫中呈現了人，大型動物，各種生物一起生活的情景，人類一直不是單獨存在的，普羅旺斯千年的修道院以地球史來看，還真是很新的建築。」

「怎麼想起這一件事？」

「因為我這一年的工作地點可能是在這裡，嗯，不過應該不只是修田埂，還有別的事。」

「喔，你知道在日本京都附近種有一種蔥，秋天的時候先拔起來曬太陽，再種回去，蔥拔起來曬太陽，整棵蔥的養分會從葉尖一直往根部傳送，然後再將綠色的葉子切掉，把還含藏養分的蔥白種回泥土裡，冬天，再長出來的新蔥，會又甜又好吃。」

「真的啊，我怎麼覺得京都豆腐鍋沒什麼味道，都是你們這些人過度詮釋。」

「唉呦，幹嘛這麼妄自菲薄，我覺得你就像那棵蔥啊，每年連根拔起切成兩半，再重來一次，重生啊。」

「多謝指教。」

「不客氣，人的一生中總是要做幾次翻新自己再來過的事，讓自己最精華的部分呈現出來。」

「大部分的人說桃竹苗這些客家村落時都說是山城，山城的人會讓人感受到一種對土地的熱愛，真實生活的生命情調。那樣的情調對很多都會人來說不是那麼真實，卻對貼近土地的鄉下人很實在，我應該是鄉下人吧。」

阿澄忍不住笑起來說：「有任何一個人跟你說過你是鄉下人嗎？」

「是沒有，不過我至少是勞動的人吧。」

「左派青年呦，我倒覺得可以這樣講，你比較希望自己像是繪畫史上的大家，希望創作出來的作品，每一幅畫都有『在地』的印記，還有時間的痕跡，能夠展現一個畫師的生命刻痕。每個人累積生命的方式不一樣，醞釀人生的基調不同，你想要的是踏實的結構吧，是這樣嗎？」

「嗯，這個比喻我喜歡。」

黃紹丙日記

一九四六年十二月三日

戰爭結束，環境卻變得更逼人，現在雖然還可以跟東京、鹿兒島，甚至京都的親戚朋友聯繫上，但是大家都好像在等待什麼事情會發生一樣，讓大家從此失去音訊。

卡桑抵擋不住公署的人，把看起來像警察的人帶來這邊，到處查看，雖然沒有翻東西，但是問東問西，走到小屋去問有沒有管制品，我不知道什麼是管制品，這裡的一草一木都是在台灣的土地上，無主之人，我搬回來保存，不知道什麼叫做管制品，是由誰來管制，誰有資格管制。

幾位蕃人被學校辭掉了，理由是學術機構有學歷限制，沒有學歷的人不能在學校任職，把他們辭掉就好像斷了我的雙腳雙手，動彈不得，沒有他們的幫助我怎麼到山裡去看露頭，探勘。

多桑過世之後清理財產，以為產權都很清楚，但是卡桑現在每天都在害怕，擔心家裡的產權會不見，我安慰她白紙黑字寫得這麼清楚，大家都是文明人，應該不會蠻橫強來，卡桑還是很不安心，每天都無法安眠。

岳家那邊要阿文快點從福岡回來，阿文並不是很樂觀，先寫了一封信，要大家不要驚慌，但是我們都知道之前跟日本人買的產物，物業，新來的人盯著看，經常來盤問，甚至說出要不要頂讓的話，我只能一直撐到阿文回來，希望他平安下船，平安回來。

阿文上一封信說想去鹿兒島看看，不知道有沒有去，也沒有再寫信回來，怎麼戰後通訊反而緩慢、延遲。

春

花樹下，百分百的女孩

花苞終於掉光了。

阿澄雖然心裡有數但還是抱著稀微的盼望，終究天不從人願，她也很鴕鳥地捱過春節年假從台北回來時，才正式把花苞從地上撿起來，撿了二、三十顆，放在竹籃子裡。

穿著一雙三、四年沒穿的Tod's豆豆鞋在田埂間遊走，測試鞋子的耐用度以及感受泥土與石板擠壓的力道，她知道這個假期有人很努力地勞動。阿澄今天測試從這裡走到鎮上菜市場的距離，遠遠看到菜市場入口處人聲鼎沸，鬆了一口氣，看似不遠的距離，在這春日裡也會汗流浹背，這樣的經驗她並不陌生，這世上的每個小城鎮，抵達總是得來不易，就算是最簡單的結構，一條主要道路，一個十來攤的市場，一間鎮民聚會的小屋子，一棵植上百年的老榕樹；何況阿澄今天來到的是刻意被保存的歷史街道，老街，成了二十年來台灣最熱門的購物所在，而這處菜市場一看就知道是社區發展協會精心維護的場所。

遮雨棚下井然有序的攤位，還刻意留了一些讓臨時攤販擺攤的空間，更別說原來市場兩旁的傳統商戶，騎樓租給攤商每日上架下架，阿澄往往為這樣的包容力心折，她常想，以自己的個性除非山窮水盡了，才不可能讓人在自家屋前吆喝。她在遮雨棚入口處就遇到了坐在小板凳上，推銷兩個菜籃蔬菜的阿婆，看起來八十幾歲的阿婆還會種一些蔥、蒜、香菜尋常香料，吸引她的是一把龍鬚菜和刻意擺放的番茄，大顆的黑葉番茄上疊了三、四顆桃太郎番茄，旁邊一堆小番茄就她的常識分辨有聖女小番茄、小顆圓番茄、再點綴圓圓的黃番茄，特意用白色扶桑花襯底，簡直讓阿澄嘆為觀止，這位阿婆一定是美術系的繪畫老師退休，才會為了幾顆番茄擺弄。

阿澄本來站著隨時準備走人，在阿婆說桃太郎番茄是日本人的秘密武器，不外傳的品種，我們關西人把種子偷偷帶回來的時候，忍不住蹲下來。對著門牙幾乎掉光，法令紋有如雕刻的時光紋理時，不合時宜地想到

texture 這個單字，阿婆就說，你知道「裝滿玉」，帶著客家口音，阿澄不確定到底是哪一種番茄，搖搖頭一臉困惑，隔壁坐在高腳圓凳上，前面的架子有一籃菜包和客家大湯圓的歐巴桑接口說：「張曼玉啦，那個香港的明星啊，你知道嗎？」在她的迴路還沒有快速跟上時，阿婆又說：「裝滿玉離婚了，聽說是法國人，拍電影的，你知道嗎？」阿澄這一次趕緊點頭搶著說：「張曼玉的電影我很喜歡哩。」以為阿婆要繼續跟她講茄紅素或張曼玉，阿婆話鋒一轉，「你知道賓拉登嗎？他在阿富汗，有大佛的那個國家藏在石洞中，聽說美國人丟了很多炸彈，還沒有把他炸死，他的阿拉都來不及接炸彈，房子、人都被炸掉了。不像我們日本時代，媽祖把炸彈都接起來，你知道他們的阿拉來不及接，影響土耳其大地震，埋掉很多人……」阿澄的耳朵嗡嗡地響，她懷疑是春天的日頭太熾熱，市場太吵雜，讓她產生了幻覺。

這個神奇的海島國家，五歲的小孩會用下貓下狗（It rain cats and

dogs）來講下大雨，轉身就能指著一棵大樟樹告訴你為什麼「死貓吊樹頭、死狗放水流」的典故。七、八十歲的阿婆能夠教你如何用美軍麵粉袋做一條內褲，米國旗該怎麼擺才好看，好像每個人都上過設計課。阿澄在這個小鎮上遊走，新奇的事物對旅人來說是開眼界，但是面對處處召喚你的舊事物，就叫做振聾發聵了。她剛開始學日文時，是跟一位住附近的國小老師學習，五十音學完老師小心翼翼地拿日本時代書本跟她一起學單字，上完課之後第一件事就迅速地把書拿回房間藏起來，那位終身未嫁的國小老師，跟她說有機會一定要去東京銀座的資生堂，每個女人都該去一趟買一些撲粉回家。那時候她還不了解為什麼她的日文老師經常又害怕又興奮，講起日本時代她去爬玉山，搭輪船去東京的往事，歷歷在目。

轉了幾趟人生歷程之後，工作換了好幾個，回憶起大學畢業要到美國念書時在東京轉機，腦袋突然閃過小學時的日文老師要她去銀座資生堂的事，讓她差一點放棄到美國留學，想著乾脆在東京念上智大學的外語學院也無不可。

阿澈站在黃家大宅二樓陽台，在層層葉縫中就剛好看見一個女孩走過大門，又往回走幾步，已經伸手要按門鈴了，又把手指頭縮回去，一隻手就懸空晃了晃，伸到那只山本耀司的布包裡抓了顆番茄邊離開邊吃。

當阿澈反應過來匆匆忙忙拿了車鑰匙，在市區轉兩圈沒看到人的時候，他才慢慢地轉到他阿公的日式房子方向前進，果然在台十三線上看到不緊不慢往前走的女孩。他也曾想像過跟著一個女孩的背影往前走，就像阿洛說，對方的頭轉回過來不會被嚇到就行了。在這一點上他倒是幸運，到目前為止還沒有被嚇過。只是他跟在人家後面是要做什麼呢？想看看一個女孩子可以走多遠的路嗎？被發現會不會被誤會呢？被誤會是一種愛慕，還可以解釋成對世間美好事物的嚮往。被誤會是心地不純正別有所圖，就啞巴吃黃連有口難言。其實，他只是擔心打擾到對方，一個女孩子以走路來證明什麼嗎？除了健康的理由他實在想不出什麼原因，所以他現在不緊不慢地跟著，罵了一聲「バカ」（baka，笨蛋）。

「這樣很有意思嗎？」阿澄在柏油路上要轉到水泥路的時候，發現後面跟著一台車，雖然她一向反應遲鈍，不過很快地就發現那是誰的車了，她不動聲色地繼續走，說實在，來回走這麼長的路是很拚命的事，此時若是有人讓她搭便車她會很樂意，她本來也以為那人是要來讓她搭便車，沒想在後面不緊不慢地跟著，讓她很氣憤。

「啊，發現了怎不揮手？」阿澈沒想到對方會這麼直接把情緒表達出來，而這情緒竟然在自己的意料之中，他都不知道該稱讚自己是神算還是咒罵自己白目了。

他突然有種教練訓練選手的心情，天資筋骨奇佳的選手，要增加的是一種耐力，以及忍受任何突如其來變故的能力，有識人能力的教練只需要在旁邊小心呵護，抱持著愛慕之心，加以保護就可以了，並不需要多做什麼，優秀的運動員自然會盡其所有的發揮。

他認定的人的情感亦復如此，保持一種距離的關心與關愛，給對方完全的自由與選擇；不過他知道，世人認定的關愛並不如此，總是要糾纏干涉，口出指導，用話語顯示自己的心意才算完成。

「你這人到底有沒有同情心啊，把書房抽屜的稿紙弄得亂七八糟，還加自己的批註，你是誰啊？你在破壞原始資料你知不知道？」阿澄沒辦法坦率地把當下的不滿發洩出來，拿了不相干又積忍已久的怒意爆發出來。

「哦，這麼生氣。」阿澈忍著笑意想起他從國中開始學習日文，每每假借要到阿公的屋子準備高中聯考，其實是想在書房翻找有趣的課外讀物來看，他最有興趣的還是那幾個抽屜，不但有散亂的田野筆記，有時會夾著一支鋼筆，一只口琴，一套圓規尺三角板，早期的米老鼠橡皮擦讓他拿了小刀就把眼睛挖掉，耳朵用紅墨水塗一塗，甚覺可愛。

「嘿，你有沒有吃過阿婆壽司？聽說很有名，我去煮 misoshiru（味噌湯），一下就好。」

他們坐在緣側吃壽司海帶味噌湯。

精心照顧的山茶宣告失敗，卻讓沒有治理，只是將草除得一乾二淨的梨花園，遠遠的就可以看見花苞，雖說是梨園，其間錯落栽植的幾株梅樹、李樹、桃樹按照順序安安靜靜獨自綻放，尤其是梅花，在春節之前就已陸續開花，紅梅豔麗不輸吉野櫻。阿澈在梨園中走著，彎腰，拔起一根新生的土香，兀自升起一股滿足感，剛開始是無意為之，漸漸地愈來愈上癮，雖然知道拔也拔不完，他忍不住手賤，他阿婆說的「憨頭」，對細微事物的執著，也知道是一種病態，但人生沒有幾樣病態的執著，他不知道活著還有什麼意思。

「那是土香，那是昭和草，喔，沒有一種草叫雜草，所有的植物都有名字。你的昭和天皇說的。」他們在梨園大半個時辰，阿澄本來以為他要她來幫忙疏果還是疏花，結果跟在阿澈後頭看著他鉅細靡遺地拔草，好似上了癮。

「今年這麼有誠意地幫它們整理門面，你說過一陣子要不要來疏果、包果，可能還要抓蟲。」

阿澄大笑起來，「你真是賣火柴的小女孩，給你一點染料就想開染坊。」

「你看梅子不就很捧場嗎？叫阿珍做個幾瓶紫蘇梅不是問題吧？」雖然用不確定的語氣，他倒是自信滿滿，在這樣的緯度跟高度，可以栽植梅花就是了不起的成就，他倒是沒想過從開花到結果還有一段距離。

「你從小到大有吃過任何這座梨園結的果子嗎？」

這倒是讓阿澈認真思考起來，他從沒注意到這件事，印象中比較多的時候是被阿婆叫著幫忙清除雜草，他就吆喝阿璋還有阿洛一起來，因為幫忙整理這座梨園，阿婆通常會獎勵他們，除了一大桌好吃的，還會拿錢給他們去打撞球，買球鞋，錢多到用不完。

「這座梨園一向是阿珍跟阿惠在照顧，既然這裡的雜草不是草，來去處理田埂的。」

「我什麼時候說過這裡的雜草不是草，它們只是野武士，野武士也有名字，行嗎？」

「田埂上面壓了這麼多大石頭，還好吧？」阿澄對田埂的草沒有印象，雖然經常走在上面，但好像很少低頭看有沒有草冒出來。

「現在只剩阿珍跟阿惠在走，從側邊冒出來的草，蓋到上面來，怕她們打滑。」

「哇，厲害喔，還滿有概念的啊，你登山啊？」

一般登山的人都知道，在山崖邊的草會讓人失去防衛心，看似長在小徑上，其實是從底下冒出來，不注意以為踏在草上沒關係，踩空，滾落山坡，萬一坡陡逕直落下山谷、溪流，就真是叫天地不應了。

阿澄現在有兩份工作，一份是繼續圖書館的資料整編，一份是回到植物系當實習生期間，慢慢熟悉田野的生態，找回所謂的手感。沒想到這兩件事讓她變得疲憊卻精神奕奕，其實，還有一件事正在醞釀著，她的心靈卻跟不上，夢，督促她快點跟上。

她做了一個夢，與其說做夢，不如說日有所思夜有所夢，她夢見剛找到的早田中雄寄給黃紹丙的一箱書稿，影像又跳到兩個年輕人站在玉山群峰的稜線上，輕盈地跳來跳去好似武俠裡的輕功一般飛躍，兩人各在稜線的一頭互相靠近對方，早田中雄拿著他的菸斗抽一口菸，把煙噴出來時，就有一叢一叢的玉山杜鵑綻放，少年黃紹丙則拿著他晚年的檜木拐杖，每次將拐杖指向遙遠的山頭，明顯的是大霸尖山還有南湖圈谷，就會漫天飛沙，砂礫粗礪，像冰塊一般落下，他們兩人走到相遇的地點時，黃紹丙用腳踩一踩腳下的砂礫碎石說，等一會天地動搖。早田中雄則望向天空說，暴雨將至，土石滾滾而下。

她發現自己變成一顆石頭，被一群石頭追著往下滾，緊接著跟土石流滾下去，即將落到黑色的溪谷時，流礫互相碰撞的聲響震撼著四周峽谷，聲響淹沒她的尖叫聲，快速的墜落感讓她尖叫喊人，卻不知道喊誰，她在極速的心跳中被阿澈搖醒。

「你做噩夢了。」

阿澄坐起來還心悸著，隨手亂抓眼鏡，明明放在枕頭邊的眼鏡怎麼都抓不到，阿澈扶著她的肩頭用眼角餘光看到眼鏡被她甩到門邊。

「繼續睡。」阿澈讓她躺下，自己也跟著躺下抱著她，阿澄才漸漸地從意識不明中清醒，換成另一種顫慄感，逐漸清醒過來。在這一年四季中最寒冷的季節，立春過後的春寒，讓她在一個男人懷裡取暖，那麼自然而然。

在阿澄答應當阿澈的助手，跟他在田埂邊拔草，阿澈將草連根拔起，阿澄負責將草放在石頭上，將之曝曬以免春風吹又生，不過根據她的專業知識，總是會有強韌的生命，只要有一點點機會就能在夾縫中生存，尤其，她更沒想到的是這種看似簡單不費力的工作，做起來如此勞累。

身體上過度的勞動也會帶來沉睡與更深沉的夢境，這一次她夢見了自己在田埂上踩死這些雜草，卻有大批的台灣巨蟻向她襲來，台灣巨蟻的頭、胸呈紅褐色，腹是紅褐與白相間，腳黑色，這麼大隻的螞蟻成群而來，她想把牠們踩死都不容易，除了戴上手套的手她沒有任何工具，只好用腳去踩，但總會有機靈的幾隻爬上她的鞋子，她跳來跳去想甩開，也想呼喚前面的阿澈，喉嚨卻發不出聲音，她只好更用力地尖叫，阿澈衝過來時，直接把她抱到自己身上，安撫她。

身體疲倦的無力感可以用沉睡來消除，心靈渴求卻無承受之力，在阿澈將她抱起來貼在自己身上的時候，她被那股熱力吸引，比對方更緊的吸附與擁抱，好似要融入對方的身體裡才能釋放一點無處宣洩的力量。阿澈感受到這股力量，由於男人比女人的力度強勁許多，他除了深入她，無處釋放。

做愛之後會產生親密感，阿澄認為是極大的誤謬，尤其是突如其來的渴求，過去之後反而會產生一種尷尬。這麼多天，她躲在書房裡看似一如以往沉浸在資料堆裡，只有她自己知道心裡空落落的等待審判。所以當阿澈站在書房門口跟她說去睡個午覺等會要出門的時候，她不置可否慢吞吞地去洗澡，畢竟她在書房一天一夜沒出門了，洗完澡發現廚房桌上有一碗雜菜豬肉麵，也毫不客氣地吃掉，才去睡覺。

當春風從車頂敞篷流瀉而來，他們繞著山路蜿蜒行進的時候，阿澄才逐漸放鬆心神享受自然的逸興。

「你在旅行的時候也這麼緊繃？一回到家不就垮掉了。」

阿澄瞪大眼睛對這個男人刮目相看，她雖然喜歡旅行，沒有旅行的時間也多半想著旅行，這一代台灣女兒應該說是非常幸運的一代，社會經濟環境隨著全球經濟成長，作為戰後嬰兒潮的子女，在東方社會又不必像男人一般要扛起家計或家族榮耀的責任，因為富裕，家庭多半會嬌寵女孩，也會盡能力給予舒適的生活，培養女兒進階到中產階級，阿澄家只有兄妹兩個，到目前為止的人生就是盡其所能地享受成長的樂趣，生活舒適慣了，在外旅行的不便與困難在心智上雖然能夠忍耐，但在身體上一回到舒適圈就完全崩潰。

「還好囉，反正會復原。」

「食髓知味，好了又開始作怪。」從他的嘴角上揚，可以看出阿澈對自己的見解頗為自得。

山風逕自徐徐地吹，仍然春寒料峭。

「你爬過幾座百岳？」

「就最高的那一座。」

「你知道聖稜線？完成聖稜線就可以結婚了。」阿澈講完這句話就緊急煞車，跳下車。

阿澄停頓了一下才反應過來，開門出去，跟在阿澈後面，眼前一座清理得井然有序的橘園，橙花飄香。

「老先生好像對雪霸避重就輕，為什麼？就是一九三五年的大地震似乎也才去一兩次。」

「你對避重就輕也很嫻熟，他那時準備去日本，你還沒整理到他去日本的資料？」

阿澄避重就輕個徹底，「你知道橙花是做古龍水的原料，喔，橙花就是柑橘的花，不過品種還是有等級之分，十八歲第一次去歐遊的時候，到了科隆才知道 4711 這麼有名，嗯，你知道澄跟橙發音一樣，覺得就是這個了。」說完他自己呵呵笑了起來。

「忽如一夜春風來，千樹萬樹『橙花』開。」阿澈胡亂謅古詩，卻讓阿澄警鈴大作，想起他們第一次碰到一塊時她亂用典故的事，她現在是真心希望他沒聽懂。

「進去幫你蒐集橙花。」他對著她笑笑牽起她的手，跨過園子的排水溝，找到一棵看起來開得濃密的花樹，開始摘採。

「不好吧，採光就不會結果了。」雖然令人心動，偏偏這個時候理智上身。

「那就別這麼貪心，」阿澈脫下外套，「放這裡。」並督促阿澄快點採。

「你不採啊，動作快一點，待會有人來怎麼辦。」她反過來催促阿澈，當小偷的快感畢竟抵不住心理不安。

「不是說摘花只能是女人嗎？」阿澈一副無所謂的樣子。

他們把滿衣襟的橙花丟在後座，靠在車門邊接吻，橙花如氣泡水般沖鼻的氣味飄過，他們沉浸在彼此的氣息間。

愛情不需要言語宣之於口，交往卻需要肯定的答案，但是兩個都在堅持且矜持對方先說出口的戀人，著實讓人傷腦筋。女人不說是為了維持一種姿態，不是高傲，也不是驕矜，而是想要索求，索求一種確定感，確定安心。男人倒是簡單了，因為對他來說這是板上釘釘的事，所有的行動都是明確的表白，又何必宣之於口，難道行動還會輸給語言嗎？

在這樣沒有人主動開口的氛圍裡，互相猜疑就會成為愛情互動遊戲樂此不疲的輪迴再輪迴，以至於沉淪。所以阿澄在昏天暗地的資料海裡爬梳之時，還要注意著時間刻度，挪出一些腦袋想像要不要去煮晚餐呢？煮什麼好呢？這樣會不會給他太大的壓力呢？這又算是什麼呢？我也在努力奮戰啊，跟時間賽跑呢？不過最終這都不是考量的重點，更在意的是煮的食物剛好不合他的胃口怎麼辦？這麼平淡的晚餐被誤認為沒有想法的女人怎麼辦？拉麵還是牛肉麵，日式丼飯一人一份分配好各吃各的，還是台灣人的合菜一起吃一起夾來得有趣，義大利麵可以展現優雅的氣質，日式咖哩就是溫馨的日常。最終的考量，在男人眼裡看來，就變成吃義大利麵真是方便，尋常的一餐卻不同凡響，沙拉很清爽，聰慧的女人會用自家田裡的南瓜煮濃湯，是擔心青醬義大利麵太簡便，所以多煎了牛排，畢竟一天的勞動需要熱量。

女人曲曲折折的心事到男人眼裡都成了理所當然的日常幸福。

當阿澈吃飽自動收碗盤洗碗擦乾，把廚房清得一塵不染時，阿澄的眼珠子都快掉了下來。

「不要太感動，我沒有吃乾抹淨就落跑的習慣。」

「嘿嘿嘿，不是啦，沒想到你這麼嫻熟，我大概都做不到，想說明天再清也無所謂。」阿澄真想把自己的舌頭咬下，莫非真的感動到胡言亂語，其實她是不能忍受碗槽不清，第二天一早還要清隔夜殘渣的女子。

「真的，不用口是心非，我還可以幫你清洗。」

他認真的去浴室放水，把她哄進去，他做事一絲不苟的態度，在這樣的愉悅情境下，也沒忘記把她的頭髮擦乾，更別說他對和式房間鋪床的熟稔，讓兩人在榻榻米上嬉戲，盡責地完成艱鉅的任務。

在紀念圖書館籌備會的要求下，阿澄回一趟台北跟他們開會，也報告自己的進度，她本來以為除了自己是剛開始接觸這位地質學家的學問，其他人都應該很熟稔了才對，但是在開會半個鐘頭之後，她發現自己的誤謬並錯得離譜，雖然參與開會的三位，其中一位是已退休的教授也算是黃紹丙先生的關門弟子，一位是目前主持地質系最大研究案，身負至今未完成的台灣地形圖繪製的浩大工程，一位是被看好的博士候選人，他們可說是老先生一脈相傳的徒子徒孫，但沒有人知道這位台灣地質學之父所有的研究成果有多少，更別說他的博物學研究，因此，現在才急急忙忙要阿澄跟他們報告並配合紀念圖書館成立，傳記的內容可以有些什麼，可不可順道翻譯出來，甚至配合預定的傳記作者也就是那位退休教授以及他的助理，每個星期固定提供資料協助完成傳記，但是阿澄實在無法答應這麼艱鉅的任務，光是翻譯這一項她就做不到，她想告訴他們要把所有的學術成果翻譯完成大概要花二十年的時間，至此，他們才知道原來他們手握豐富的資產，三人可說驚喜莫名。但是在阿澄看來，這些資產能夠完全作主的應該只有黃醫師跟阿婆。

在這些教授級人物理所當然的要求下，阿澄真想問他們任何一人有沒有人懂日文，但是問不出口，以免尷尬。

阿澄頭昏腦脹的走出系辦公室，想著明天還要跟這一群人奮戰，沮喪至極，就看見那位貨真價實的繼承人站在銀杏樹下，所有的一切都釋懷了，反而想起老先生的庭園。

「突然想到你們家沒有任何一棵櫻花。」阿澄看見阿澈就這樣脫口而出。

「怎麼想起這個？」阿澈一開始就發現這個女孩思緒漫天的特質。

阿澄想要把這一天開會所感受到的荒謬告訴他，卻一時不知道從何說起，「肚子餓了，」接著又說，「我覺得跟阿惠、阿珍做口述歷史，可能比你阿公的關門弟子寫的傳記好看。」

阿澈一聽笑不可遏，「我絕對百分之百贊成。」拉起她的手，「聽說你們植物系有很多奇花異草，走，幫我導覽。」

阿澄對系所其實沒什麼深刻的印象，因為喜歡在野地裡，她倒是常跟森林系的同學去溪頭實驗林，兩人隨意走就走到農藝系的苦楝樹下，苦楝花開時節是日本的櫻花季也是學校的開學日，這一點阿澄看多了黃紹丙教授的資料，倒是熟悉，只是以前在學校時沒有注意過，也不知道台北高校的校歌有一段這樣的歷史。阿澈因為大學以及研究所都在東大度過，倒是知道四月對日本學生的意義，他每次開學前在台灣，經過自己的小學或跟阿婆走在路上，阿婆都會說：「開學了。」

「我也奇怪家裡竟然一棵櫻花都沒有，不過舅公家的溫泉倒是很多，阿婆娘家裡好像也有幾棵。」

「那是早田中雄教授幫阿婆找的樹苗，他們回台灣時帶回來的。」

「有紀錄啊，我都不知道，記得問過一兩次，都沒有人有答案，就忘記這樣的事了。」

「去吃晚飯好了，好餓。」阿澄今天覺得筋疲力竭，想著食物。

「帶你去一個地方，很近，一下就可以吃了。」

新生南路巷子的日式料理屋，門口掛著藍染門簾，「磯小屋」。拉開拉門就聽到，「歡迎光臨いらっしゃいませ！」先說中文再說日文，非常特別的招呼方式，而且是一位看起來六十幾歲的歐巴桑，目前台灣的日本風潮，不管是日本人開的店還是台灣人經營的日式料理，都直接用日文說歡迎光臨，但這一家先說漢語再說日文。阿澄覺得有趣，接著讓她不知所措的是吧檯唯一的客人是黃醫師，旁邊這位先生的父親。

「爸。」

「黃醫師。」

「嗯。」

三位典型台灣日式遺風家庭的親子關係打招呼方式，盡到責任但是保有自我，保持距離維持禮貌。阿澈自顧推開第二個包廂門進去，阿澄鞋子脫了一隻就聽到一位帶有關東口音的女孩，嬌滴滴叫「阿澈」。

可以坐四個人的包廂，阿澄偏偏坐到阿澈的對面去，明顯地想保持距離，阿澈臉色雖然沒有變，但是在那位女孩在拉門口坐下來時明顯看了阿澄一眼。

「我通過了台北高校的認證了，」那女孩顯得很興奮地迫不及待告訴阿澈這件事，「就是師大。」

「你在東京學這麼久的中文，本來就該通過了。先來冰的。」阿澈淡淡的，有一種示意你可以走了的態度。

「你要幫我搬家，愈快愈好喔。」女孩顯然將他的態度忽略，「不然我跟小杉告狀。」

吧檯歐巴桑聲音提高，「たくあん。」（醃蘿蔔）女孩才不甘不願地站

起來又端了兩杯茶跟餐具還有醃蘿蔔進來，這次倒是很快地離開。

他拉拉她支撐著下巴的手，她不理他，右手被拉過去左手跟表演特技似地不為所動，支著下巴，瞇著雙眼看他還又有什麼絕招，他也沒有放棄，夾起一塊醃蘿蔔，在她嘴唇上滑動，「你沒吃過的，鹿兒島口味。」

阿澄聽了啊一聲嘴巴就張開了，「不甜啊。」

三、四個聲音同時響起，「ライト。」（正確）

阿澈笑著問，「為什麼要甜？」

「嗯，印象中九州人好像比較喜歡甜。」

「薩摩藩是有可能比較早接觸到砂糖，不過跟北九州人愛吃的甜不太一樣。」

阿澄根本不想管薩摩藩的砂糖，她恨不得現在就可以回到老先生的書房，找出更多他們的日記、筆記，以及書信，懊惱自己還要被那一群人纏住幾天，留在台北。

阿澈更是雪上加霜地說：「你會等投完票才回去吧，這可是台灣人重要的一票。」

阿澄氣憤得想掀桌，用力敲了一下桌子，女孩端了一瓶冰鎮清酒，兩個杯子進來並說：「今天的青甘是鹿兒島來的，ぶり。」

阿澈沒多做表示，轉頭就跟阿澄說：「也不一定是你想的那樣。」

「你知道全部。」

「全部不知道。」

拉門外傳來黃醫師的聲音，「我也不知道，知道最多的可能是你喔。」

阿澄正想說我知道什麼，就看見阿璋正在脫鞋子要進來，阿澈一看趕緊起來坐到阿澄旁邊，阿璋坐到阿澈的位置就拿起阿澈的冰鎮清酒一口喝下，阿澄站起來交代一聲，「出去一下。」

女孩又端了一副碗筷跟酒杯進來，阿璋看到女孩趕緊說：「haruka（晴夏）我想要燒酒。你測驗通過了嗎？」

「叫我小晴，我喜歡漢語的唸法，爸爸說おじいさん（祖父）最喜歡的就是台灣的晴天，夏天。」

小晴講完這句話，阿澄剛好回來，「我錯過重要的事了。」

「久了就會知道。」阿澈拉她坐下，幫她倒了一杯清酒。

阿澈看阿璋有點意興闌珊，本來有點火大自己的約會被打擾，一下就消了氣，反而開始勸他多喝兩杯燒酒，但一直聲明絕對不會載他回家，因為燒酒是鹿兒島的燒酒，酒精濃度比一般酒來得高，跟金門高粱差不多。

原來阿璋從考上律師執照之後就擔任家扶律師，也經常幫原住民義務打官司，他有四分之一的泰雅族血統，算是客原混血，因為無法忘卻這一點血緣關係，經常接觸少女的性侵案，這一點讓他非常困擾，像今天打了一場明知道不可能贏的性侵官司，讓他非常沮喪。

「山上的女孩已經很少了，還這麼天真，單純。」又倒了一杯。

阿澈把他的燒酒瓶拿到自己手上，「都你喝，留一些給我。」

阿璋一直重複牽涉到感情的案子最難打，阿澄怕他真的醉了，岔開話題，「沒想到小鎮這麼多外來人口。」

結果阿璋不爽地說：「住了三代還算外來人口。」

「誰叫你要搬到台北，你現在是天龍人。」阿澈倒了一杯茶給他。

「不管搬到哪裡我都是新竹人啦，你才是天龍人，還是日本的天龍人。」

「日本的天龍人現在很可憐，你沒看都認真學漢語了。」

這話題果然引來阿璋的興趣，嘴角一直上揚，繼續上揚。

「喂，客氣一點。」

「知道啦，認真的。」

阿澄第一次見識到兩個男人追女生是這般開始的，套一句台灣男人喜歡用的話，「趴七仔。」（追女生）

「喂，兩位，適可而止。」阿澄笑了開來。

松村雪子的日記

昭和六年　七月十七日

我是薩摩人呢？還是台灣人？

雖然在這裡出生，但幾個月大就隨著多桑赴任到了台北，我希望自己是台北人，可是這幾天見到的親戚都說我是薩摩人，每天看著櫻島，有時雲飄過，真是美麗。但我還是不自覺地想起台北，想起紗帽山，走過瑠公圳時，我只要轉個身，就可以看到不同的山巒。

早田君現在是在東京還是台灣呢？回到了內地，想去東京的心就更熱烈，但我遲遲不敢跟多桑開口，又寫信給早田君傳達要去東京繼續就學的意願，應該是為難他了。但有誰不想去東京見識，黃君道道地地的台灣人，都已經去過東京了，他說念公學校的時候，十幾位同學參加修學旅行，同學一起去，非常興奮，有些同學還去過不止一次，他自己就去了兩次，可見是很吸引人又新奇的城市，真想去，一次也好。

最近要開始準備伴手禮，該送什麼給早田君呢？我們回到台北時，他會在山上，還是在台北呢？

昭和六年 七月十九日

多桑也為了要帶回台灣的物品煩惱，懷念的物品可真多。燒酒、明石屋的輕羹、薯片、坂元釀造的黑醋，除了想買的東西還有親戚送的物品，卡桑的歐巴醬送我的浴衣和和服，實在貴重。多桑拜訪的幾位朋友，有種橘子、柚子的說要讓我們帶幾棵回台灣，可是我們的院子已經種滿了樹啊。

回去應該還會遇見早田君吧，他應該會多待一會跟多桑見面，我該挑什麼禮物給他呢？今天去書店倒是看到一些昆蟲的畫冊和明信片，他會需要嗎？買了一張蝴蝶的明信片，雖然很好看，但不像台灣的鳳蝶，台灣的鳳蝶像女王一樣，好高貴。

他如果來我們家和多桑聚會，黃君和鹽月君應該也會來，送他們兩個櫻島的明信片，多桑跟他們講櫻島的時候，應該可以用得上。多桑要我買幾本薩摩的歷史書，他說這些書在台灣讀不到，但是我應該要知道故鄉的歷史。

昭和六年　八月十五日

黃君他們班三、四位同學來看多桑，本來以為早田君前兩天會回到台北，但是黃君說他收到從嘉義寄來的明信片，因為幾場大雨延誤了行程和進度，要再回到駐在所，重新登新高山群峰。

他們幾位和多桑吃了我在家鄉學的幾道菜，雖然聽到很多讚美，說很特別，很新奇，但我覺得自己做得還不夠好，好像沒有地味，大概是因為不同地方生產的蔬菜，雖然都是番薯，但是風土不同，口感味道就會差很多。台灣人很喜歡炸天婦羅，今天黃君來時說是從新竹老家過來，帶一些蔬菜，也有番薯和南瓜，本來想做雜煮，可是他們要喝多桑的燒酒，就炸了一些天婦羅，甚至撒了一點辣椒粉，顏君說他不太敢吃辣，大家哈哈大笑。

八月的台北實在是熱，叫阿芬去買冰回來，大家歡樂的表情都寫在臉上，我學台灣人做冰的方式，加上了綠豆、紅豆、煉乳，吃得很愉快。

如果早田君在這裡，一定會抽他的菸斗吧，他們幾位好像都有菸斗，反而是多桑不抽菸。

他們也講到我要進高女的事，時間愈來愈接近了，不知道該不該跟多桑提自己的想法，還是等早田君回台北碰面時再問他一次，會不會太自我了，我或許不該這麼自私。

昭和六年 九月十一日

還是沒能說出口，我也不能推卸責任，用多桑當藉口，是很想去東京，但是也會害怕，一個人在東京可以嗎？

早田君變得好黑，南部的太陽一定很大，他這次好幾座山峰都是首登，黃君他們一臉羨慕，說到驚險的時候，大家都緊繃著神經，我都快呼吸不過來了，黃君還幫我倒了一杯水，真是貼心的人。

之前聽過第一女高的學生可以去爬新高山，看來我這幾個月要加緊努力學習，雖然很期待要進女高了但也有點擔心，多桑雖然說應該沒有問題，但是還沒有真正過那樣的生活，誰也不知道喜不喜歡。

從故鄉回來一個多月，為什麼我覺得台北才是我的故鄉呢？去學琴的老師說我的程度也不輸在東京同年齡的女孩子，而且我常跟父親去參加一些宴會，也會去音樂會，家裡又有最新的錄音唱片，我的古典音樂程度去東京絕對不會丟臉。

早田忠雄的日記

昭和六年　七月二十一日

心念一轉，無法壓抑再看一次長臂金龜、赤蝶，還有大鼠，雖然只是驚鴻一瞥，我確定沒有在其他地方看過這樣肥碩的高山鼠，這讓我急於找一位蕃人當嚮導，所以在台中車站就下車轉往司加耶武蕃，沒想到得到這麼大的驚喜，我跟黃君的約期可能會被延誤了，延回台北的日期尚不能定，也無法跟黃君確定時間，寄一張明信片給他，他想看的圈谷樣子，也先畫下來一併寄出。

她和幾位女孩去挖薯蕷，泰雅族婦人做染料、豔面的薯塊，顏色從黑、褐、米色，各有不同的深度與作用，端看個人運用的方法與美學概念，真是層次豐富有內涵的染料。我們初相遇，她身上的披巾這麼特別，柔軟得好似要你去撫摸她，隨風搖曳，在陽光閃耀中紅得發亮，白得刺人，眼前好像一陣光直擊而來。泰雅少女真不是一般的女孩，眼神亮麗清明，她們才十三、四歲就已經開始學習織布，她說她還沒有學會全部的技藝，還不能幫我做護膝、腕套，她說捕捉昆蟲也要小心不要被螫傷。

她帶我到司界蘭溪邊，我們在那裡等待會跳躍的櫻花鉤吻鮭，在日光照射下的激流中，分不清是魚鱗閃閃發光還是砂礫的跳躍。

直到次高山的東峰和第二圈谷被染成金色聖山的模樣，我跟阿荅卡說讓我們一起看明天晨光中的雲瀑吧，台灣高山的稜線上最讓人激動萬分的就是雲瀑，層層疊疊的雲朵，從天頂流瀉而下，純白的雲瀑穿過藍黑色的山稜，天光乍現，整個人好似沐浴在聖潔的天地中。

想到一句歌詞「相愛的人啊！丟一顆種子到泥土裡……」的時候，才想到帶來的梨花種子，還來不及拿給黃君，心裡慶幸著我們還沒有機會碰面，還在袋子裡留了十來顆，其餘的拿出來跟阿荅卡撒在坡地上，她答應幫我好好顧著會開出一樹白雪的梨花，想像一棵一棵雪樹連成一片，一片花海在春風的吹拂下是怎樣的纏綿呢。

阿荅卡哼了一首曲子，在明麗的月光下，忽然有作詩的心情：

在白楊樹蔭下，有一位美麗的少女，

憂鬱的美貌下，不知何以沉思？
切莫傷悲，盡情歌舞吧！切莫傷悲！
歡迎光臨！歡迎光臨！歡迎光臨！
擦乾眼淚，莫再哭泣！
舞！舞！舞！
次高山下宛若世外桃源的家鄉，就是司加耶武
肥美尊貴的櫻花鉤吻鮭悠游於司界蘭溪
如夢似幻的司加耶武部落，你務必光臨一次
歡迎光臨！歡迎光臨！歡迎光臨！
擦乾眼淚，莫再哭泣！
舞！舞！舞！（注）

微弱的篝火堆中，我似乎看到阿苔卡的瑩瑩淚光。

沿溪流而下，除了道別的憂傷，心裡還牽掛沒有找到蕃人同伴，阿荅卡看出我心裡有事，跟我說別著急，還不到駐在所的地方有間小竹屋，或許在那裡可以遇到適合的人，我想她只是安慰我，卻真的讓我找到兩位蕃人，讓他們跟著我入山，駐在所的武警在目前的情勢下，比較容易放行，畢竟他們對山林的熟悉，不是現在的我可以做得到。

昭和八年　八月二日

這次的行程不能耽誤，司鷹公爵熱情贊助我的鳥類計畫，雖已在紅頭嶼待了五十幾天，又趕回台北江山樓的餐會，再下新竹和黃君會合

注：取材自博物學家鹿野忠雄的詞

登南湖大山，南湖大山的圈谷是我們這次探勘的重點，黃君更是等待許久，他準備完成這次的南湖大山，就開始進行論文。

他常說我們這座島嶼像個紡錘，南北狹長瘦小但肚腹廣袤，可以容納拔高的大山且是溫帶氣候區，就像諾亞的方舟上可以找到能存在世界上的任何物體，有形的無形的有機的無機的是生命也有非生命的所有靈魂與祂的氣味。

最初在次高山發現冰河圈谷的痕跡，激動莫名，牽動了目前日本學術界爭論好幾年的日本高山冰河遺跡熱議，幾乎快惡言相向了。把這件事告訴黃君也觸動他的心緒與動機，畢竟他是早坂教授的學生，無法放棄這個題目，他說已經準備好幾年了，這次無論如何要記錄完成，還特別去買徠卡相機，他說我對徠卡讚不絕口，就知道這一定是必備的工具，兩人相約到次高山探勘地形，自然而然成行。

如果確定台灣的冰河圈谷地形，或許就能確定台灣的中高山動植物的原生種與亞種的獨特性，早在晚第三紀上新世年代，台灣的高山曾經高達五千公尺以上，黃君站在雪山山頂極目四望，感嘆說在極容易崩塌的黏板岩和砂岩的崩壞下，還保存冰河遺跡，一定是要我們把它找出來。

離上一次在台灣密集的攀登、採集、觀察、捕獵又過了一年多，這一次有黃君同行，他的熱切不下於我，每一天看他一早起身的熱切身影，就覺得不能輸給他。我們用箭竹搭建小屋，蕃人身手俐落，也幸好他們的熟稔，小屋完工竟然就一連下了六天的大雨，我們望雨興嘆，把帶來的罐頭吃光，開始吃鼠肉，台灣高山鼠肉甜美又嫩，黃君剛開始不敢吃，後來吃得比我更有勁。

這次確定了雪山圈谷、南湖圈谷之後，又走到了佳陽社，拿起羅博琴吹奏，黃君笑了起來，其他泰雅族人四散奔逃，我的琴藝還是沒有進步嗎？

無法遏止奔向司界蘭溪的心，約好了我會再回來，她一定在溪邊等我。

久良栖社的泰雅少女阿荅卡現在一定長高又健美，她一定通過了編織的考驗，織出色彩鮮紅並且耐磨的苧麻布，她會為我織一頂遮風雨的帽子，她說我一定要回去找她，否則我們的種子成不了梨樹，長成小樹也會枯萎，她將進入大山不回來，不再有人傳唱我們的歌。我回來了，阿荅卡！

黃紹丙日記

昭和六年　七月四日

暑期一開始，回新竹並等待早田君的到來。

回到家裡不能不幫忙農事，卡桑提醒大約十日左右一期稻作要收割，要去田裡巡視關心，多桑倒是不置可否，問了一些早坂教授的事情，要我再回台北請他來新竹作客，也帶他去汶水、竹東等地參觀。台灣的農產、礦產俱豐，提醒多桑幾次山林的開採要適可而止了，不然再多的山林也會消耗殆盡，這兩年的地形勘查發現，台灣的地質差一個山頭就相差千里，岩石、土質都有歧異性，並不相同，前兩天坐在河壩的大石頭上看工人運送剛砍伐的竹子，大小相差很多，囉唆地多問兩句，其中一位到過家裡的工頭說，最近竹子價格好，看差不多就先砍了，賣好價錢。

農作辛苦看天吃飯，趁好價錢趕緊收成是可以理解的事，但是沒有規劃恐怕不長久，要想辦法提醒多桑才是。看到品項好的竹子也動心起念，想挑一些做竹椅，暑假前收到一批從東京寄來的雜誌，有一本專門講工藝品的雜誌，剛好主題是設計創造的價值，讓我想到兩三個月前朋友介紹一位從法國回來的顏姓藝術家，從繪畫改去做工藝設計，暑假結束回台北應該要去找他，請教他竹製品的工藝設計，如果能幫家裡設計一套竹椅、竹桌就更好了，大姊快要生了，送她一張像雜誌上介紹的嬰兒床也好，第一次當舅舅是有一點興奮。

她啊，要回鹿兒島了，鹿兒島是怎樣的地方呢？比較像台北還是新竹？

昭和八年　九月二日

和早田在臨時搭建的小屋被壞天氣困住六天，雖然有竹子清香的氣味，但是腐土刺鼻，可是此時的我，全部都聞不到。因為我的心神被冰河的味道牽引著，冰河遺跡的氣味，一路逶迤，我一路跟著流動的痕跡，一路回到遠古時代，三百萬年前，一定有三百萬年的時光穿越，因為這樣的香味不可能現在才出現，沉澱的香味有一種厚重感卻又很縹緲，就像最深沉渾厚的氣味會留下的煙燻感，摸不到，觸不到，但會瞬時飄過鼻尖，想繼續嗅聞，又不見了。

這樣的香味讓人想高歌，想要跳躍，想要追趕，第一次是在圈谷的砂礫上，在堆石堤上，還有冰河的擦痕，一顆一顆的漂石、瘤狀岩，以及U字形谷，厚重的冰河摩擦過的岩石，讓岩石圓滑，也讓清涼能夠直衝腦門的氣味駐足，讓人想要雙手掬水，一把潑到臉上，一如掬起殘雪伏貼在皮膚上，雙頰永恆。

秋陽如酒，眺望次高山連峰的圈谷，一個一個垂掛在峭壁上，好似傾瀉而下，在寂寥的暮光中，整個人也沐浴在天地遼闊的冰層氣味裡。人如此渺小，萬物如此縹緲，只能虔誠仰望虛空。

帶著神聖的香味下山，跟早田君道別，直到在火車上才想起我並沒有跟早田君形容這樣的香味，我們倆只是努力計算看到幾個圈谷，迫不及待畫下來，蒐集岩石、樹木，任何想到的痕跡，激動之情一波一波襲來，等到稍微平息安靜，才想起不知道要如何跟別人說這樣的激情，除了早田君，還有人可以懂嗎？

她啊，不知道有沒有等待我們回台北，女高的功課也很緊迫吧。

昭和八年　九月七日

在家裡待不住，好像有一股氣沒辦法發洩，跟家裡說要回台北準備下一次的探勘，也把阿文拉了一起去，連阿文都說我怪怪的，但是他很高興跟我一起回台北，因為他小妹還是留在新竹讀女高，他說我們不用照顧她，真是好，我本來就不需要照顧她吧。但是她上高女之後，好像比較常看到她了，經常跟三妹在一起，卡桑說兩人整天都在一起講話講不完。

日本女孩子跟台灣的女孩子差好多，她啊，每次都帶著女傭在做家事，在家裡從來沒看過阿姊跟妹妹做家事，不是看書學琴玩牌或是做裁縫，就是在發呆。三妹說我要常常出門滿山跑，幫我買了很多襪子，竟然還有專門介紹手帕、襪子、手套的雜誌，看她們跟著雜誌的介紹做帽子，做袋子，也是很有趣。

多桑果然開始贊助顏姓藝術家設計工藝品，台灣的工藝應該慢慢建立自己的風格，不要只賣初級的原物料給別人，應當讓別人來做基礎的工作，我們來設計實用又精緻有美感的東西出口才好，就像染布，我們也要我們自己的服裝品牌，不要只做染錠的出口。

我是夏蓮醬，台北出生的鹿兒島人，我多桑在南洋當兵沒有回來，只看過他在台北高校拍的一張照片，因為卡桑說看再多他也不會回來，不要一直想著這件事，人要往前看，往前走。

雖然我只有卡桑，但是比起我這個年紀的人，我的日子過得還不錯，因為一年四季都會收到從台北寄來的生活用品，每年也會收到台灣的匯款，甚至到福岡讀女子學校之後，從台北到金澤讀研習院的黃君跟顏君，每到放長一點的假期，都會來福岡看我，並帶東西給我，或者在當地幫我補充生活用品，讓其他同學很羨慕。

說起我的卡桑，她好像是活在兩個時空中的人，雖然在地方小圖書館上班，但最喜歡做的事，讀的書，都跟台灣有關，不知道聽了誰的建議，還學起漢文並教導我，說以後回台北才不會像外人一樣。

有時候會按照季節做一點句味，但跟鹿兒島的作法不太一樣，我小時候最喜歡她做冰，她的冰不是冰淇淋，黃君後來跟我說這叫剉冰，只有台灣可以吃得到，尤其是台灣的紅糖，他認為是世界第一好吃的糖，現代的糖都是白色的沒有什麼味道，紅糖非常香，每次收到從台北寄來的紅糖，我都捨不得太快吃完。

小學的時候跟一位台灣來的歐巴桑學鋼琴，卡桑說她在台北女高的同學，幾乎都會樂器，每個人都有一樣擅長的運動項目，有一次她去參加灣生的聚會，認識了跟先生來鹿兒島做生意的音樂老師，她卡桑是東京人多桑是台北人，在鹿兒島除了陪伴先生，或去上家政班，沒有其他的事情，卡桑知道她是東京武藏野音樂學校鋼琴科畢業，帶著羊羹去找她，希望她能來教我鋼琴。我很喜歡我的鋼琴老師，有一次練琴時剛好是她的生日，我不知道該送什麼禮物給她，就做了一張生日卡片，上面畫了她在教我練琴以及一根香蕉，他看了笑得東倒西歪，害我很不好意思。卡桑說我太小氣了，才畫一根而已。她說他們台北人家裡都有香蕉樹，香蕉都是一大串放在餐廳桌子上，隨便小孩子吃，當時聽了實在太驚訝了，我只看過一根一根的香蕉，而且不能常常吃到，卡桑不會常常買香蕉當水果，因為實在太貴了。又過了幾天到我們練鋼琴的時候，卡桑炸了一盤香蕉給我們當點心，說這是念高女時去鐵道旅館上餐飲課，料理老師教的點心，而且她記得那位料理老師後來還出版了一本香蕉料理的食譜，可惜她沒有帶回鹿兒島，憑著印象做了這一道點心。

我非常喜歡吃台灣來的水果，有一次顏君回台灣過暑假回來，帶了一包荔枝，那是我第一次吃到荔枝，我不知道怎麼吃，整顆洗一洗就咬下去，被卡桑跟顏君笑了好久，他們說這種水果在台灣，都是一大把一大把吃到過癮，但是吃太多會長眼屎，所以也不能吃太多。

我雖然跟九州的女孩子沒有兩樣，過一樣的生活，但是從小就嚮往一般日本女孩子沒有想過的事物，像是台北榮町的衣服、布料，卡桑說台北的咖啡是全世界第一，搬來台北之後，真正能品嚐台北的咖啡，像我們現在開店的地方有一間老樹咖啡館，真正好喝。

雖然後來跟前夫去東京生活，在東京的日子算是舒適，也常常接觸到新事物，很是新鮮有趣，可是真正感覺在過日子是搬來台北之後，自己開日式料理店，生意普通但是客人都喜歡我的鹿兒島料理，有很多的常客每個星期都會來三、四次，每次他們讚美我的煮物、天婦羅，或是醃漬小菜的時候，我都會想，「啊，這些都是卡桑在台北學會做的吧。」

最近遇到一些台大農學院的師生，都會問他們一般人可以進去台大的圖書館嗎？或許我可以找到一些卡桑記憶中的料理食譜。

夏

織娘的斷腸詩

後來，他們喜歡在天龍國遊蕩，阿澈和阿澄一致認同，全世界的大都會都是為了設計來讓人類晃遊。

「今晚會不會太安靜了？」

「那是因為我們沒有走到熱鬧的地方。」

「不對啊，照理說整個台北城都該沸騰喧囂啊！」

「昨天已經鬧過了，今晚沒有意思，失去了興味。」

他們睡到兩點多還不想起床去投票，阿澄中午的時候隨意問阿澈要不要吃中飯，「嗯，」了一聲，兩人又可有可無地繼續賴床，翻來覆去，再來一次，阿澈重重地嘆了一口氣，「先載你去投票，我再去，今天應該有開店，每次投票的時候歐巴桑都會抱怨她沒有投票權。」

「她沒有入台灣籍喔，不過日本本來就是單一國籍啊，台灣應該開放灣生入籍。」

阿澈笑了起來，「台灣籍有這麼好啊。」

「不是好不好，是情感因素，感情，懂不懂。」

兩人就這樣拖延到最後一刻才去投票，投完票沿著錦州街走，肚子的確餓了，卻不知道要吃什麼，走到松江市場有沈記牛肉麵、鍋燒麵，傳說中的包好吃鹽酥雞，好像都可以坐下來吃但又提不起興致，在每一攤看一看很有默契地移動腳步離開，他們在這方面都不是擅長冒險的人，只好轉個彎，沿著松江路走，很有默契地說：「四平街豬腳滷肉飯。」稍微提起了一點吃的興趣。但不想加快腳步的兩人遠遠就看到大排長龍的人群，阿澄本想喝一杯摩斯漢堡冰紅茶的心都沒了，不到五點，台北人餓昏了嗎？

「原來投完票要吃滷肉飯。」

「啃豬腳、吃筍絲。」

「競選總部在這附近嗎？」

「差不多吧，台北這麼小。」

兩人又轉到松江路上往華山的方向走，就在要過市民大道變成新生南路的時候，阿澈眼尖發現旁邊一條小路叫渭水路，兩人相視一笑，阿澄卻遏抑不住地大笑起來說：「跟蔣渭水沒關係啦，不要隨便聯想。整理資料的時候發現老先生老太太都會提到瑠公圳，特別把舊地圖和新地圖拿來比一比，還滿好玩的。」

已經走到這地方，他們也什麼地方都不用去，再走幾步路就到了磯小屋，一拉開門，一陣饑餓感襲來，阿澄特別搜尋店裡還有沒有其他人，阿澈會意一笑，「我爸的戶籍在老家，只有我的在台北，聽說從宮前町變成中山北路的時候，有一些紛爭，阿公過世時直接過到我名下，所以我們不用怕流浪街頭。對了，要不要重新裝潢過？」

阿澄每次對他這種順便的暗示都視而不見，她是個一件事一件事照順序完成的人，在紀念圖書館的工作還沒完成前，她的腦袋對其他的事情都只能做反射性思考，就好像被動打乒乓球，等著對方餵球，包括對阿澈的愛意，比較像是一種本能的、反饋的情感，沒有抗拒也沒有思考，全盤接受，只剩下一點點的理智，先拖著再說。

他們第一次到磯小屋時被黃醫師撞見，雖然沒有多作解釋，但也一直存有說一下比較好的心情，但是一個多月過去竟然都沒有碰見黃醫師，好像彼此有默契地錯開。

歐巴桑正要打開店裡的招牌豚味噌煮的鍋子，聽到他們的講話聲，臉上笑開來對著他們揮一揮手，轉手就夾了一塊蘿蔔讓他們看，「先吃一點吧。」

「肚子好餓，可以先喝湯嗎？」阿澈轉頭進了包廂，阿澄站在吧檯邊看正在滾的鍋子，歐巴桑每一種食材都夾給她看，她對這樣的職人動作，心悅誠服。

「好妙，跟阿惠姨的關東煮完全不一樣。」阿澄又靠近阿澈小聲說，「阿惠姨是比較純正的日本味。」

阿澈感到好笑，「禮失求諸野。」阿澄很緊張地制止他。

阿澈自小最不耐煩的是他阿婆跟媽媽要他做純正的日本人，而且似乎很有默契地要他大學到日本去讀書，所以他的中學時代在台灣既放鬆又緊張，放鬆是他知道自己不必參加台灣的大學聯考，但是一定要進東大讓他無比煩躁，雖然隱約知道自己進東京大學沒什麼問題，家裡一定會幫他安排好，以他的身分在東大要找推薦人實在簡單，進醫學院都沒有問題，但他卻進了建築系，最關鍵的心情跟理由倒是沒有跟任何人說過，可是他從小從中山北路走到中山南路的那一路建築，一直在刺激著他的疑惑、好奇，與怪異感，總覺得這一段路有什麼水鬼河童之類的另翼空間存在。

阿澄國中時代開始迷日本女星，看日劇，但早在小學就開始學日文，因為她在媽媽的化妝台兼書架上看到幾十本資生堂的《花椿》雜誌，而且還是一九三〇年代，又有幾本服裝雜誌，全部是日文，她對那些圖片翻了又翻，到小學三年級自己央求說要去學日文，有人問起她的日文的時候，都說自己是中文跟日文一起學習的；對於家裡有日文雜誌日文書她也感到奇怪，她媽媽只說是外婆留下來，跟要給她的嫁妝一起裝在箱子裡送到夫家，所以就放在化妝台的架子上，也沒認真看過，沒想到女兒對這幾本雜誌愛若至寶，等到國小五、六年級會去文具行買東西的年紀，還特地去找書套包起來，怕弄壞掉。

第一次看到阿惠煮關東煮的時候，阿澄簡直大開眼界，猜想她一定有看過村上春樹，知道如何製作靈魂食物，她第一次看村上春樹的《挪威的森林》，渡邊徹用海苔包小黃瓜蘸醬油給綠的父親吃，感嘆原來這就是靈魂食物。她迷日本文學那一陣子，幾乎每一位日本作家都有一本經典小說描述自己心目中的靈魂食物，她看阿惠煮關東煮的樣子就差不多是那個樣子，用透明的玻璃鍋子，六分滿的山泉水，兩片昆布，煮開了再放糖、鹽，按照順序把蔬菜放進去，最後才放魚粄、丸子，最後把柴魚片放進去，又再從電鍋裡把蒸好的苦瓜鑲福菜豬肉丸子放進去，這一套儀式完成，阿澄說突然捨不得吃了。

阿澈聽她說完馬上衝到吧檯跟歐巴桑要了一大碗味噌煮走回來，「你故意的吧。」

「差很多好不好。」

阿惠的關東煮是阿婆教的，阿婆在日本的時候去上新娘學校，所有的家事技藝都學全了，倒是回台灣之後自己不太動手，管一大家子的事忙不過來，但很擅長指揮人，阿澈從小就聽她跟自己的媽媽還有姑姑說，自己不會做也要會判斷別人做得對不對，他有一次陪阿婆和卡桑去菜市場，就看他卡桑走在傭人後面，教傭人如何選魚，哪一種肉該買多少，怎麼料理，讓他深深覺得這個世界是他永遠不懂的世界。

鹽月雪子的日記

昭和二十一年 二月二十一日

回到鹿兒島三個月了，這三個月來沒有安頓的感覺，一直等待他人的歸來，是已經在海上了？還是到了港口？會先去東京嗎？全部都不知道。有人每天去公會堂看名字，有士兵戰亡的名單，也有還在船上的名單，但我們沒有看到他的名字，一切無所悉，不知下落。

對台北的思念一日比一日強烈，又不好意思一直寫信給黃君，他們應該也在恢復轟炸後的家園吧，我們的家不知道有沒有人讓別人住。雖然黃君寄了一筆錢過來，說是把家裡的傢俱、多桑的唱機，一些多餘東西整理賣出去的錢，我知道不是，因為他很高興說新竹的房子落成，上棟式的時候天氣大好，特別留了一間房間存放他們高校時期的回憶，物件，我想他一定是把多桑、早田君的東西都放在那裡，還邀約我們，說等過一陣子平靜後，安排我們回台北，再去新竹住幾天，都幫我們安排好了。

每天都在思念著台灣的一切，反而忽略了回到鹿兒島該怎麼生活，雖然多桑的老家還在，但我應該搬去他家，等他回來再做決定嗎？他的家人會怎麼想呢？

鹽月雪子寄給黃紹丙的信

昭和二十二年二月二十三日

日本鹿兒島島市東町 3-12 番地 寄 台北市宮前町十八番地

黃紹丙様

收到你的包裹，欣喜非常。

回來匆忙至今，還沒有時間做味噌，就收到東門町市場的味噌，一解我的思鄉之情。看到黑糖也想做一些輕羹，猶記得台北炎夏吃冰加的糖水，實在難忘。

由於多桑的房子沒有被轟炸到，也沒有受損，我還是住在這裡，軍方寄了一封信到大家，說列在失蹤名單內，目前就只能等待，我沒其他人的信息，不知道你們高校同學，多桑的學生有多少人平安歸來，或許你的信息會比我多，多桑不在了，他們應該也不會跟我聯絡了吧。我現在能聯繫上的只有你一人。

期盼你有相關的消息，也能讓我知道，萬分感謝。

夏蓮醬已經能自己活動，大部分時候都一個人安靜地在榻榻米上玩耍，很乖的小孩，大概是知道母女相依為命，特別體諒我。所以最近考慮接受歸返單位的安排，到中學校教書，他們說我有教學經驗，也有教師證，應該很適合去女中，不過為了照顧小孩，我也考慮另一個圖書館的工作，決定之後會寫信與你。

時光匆匆，勿斷聯繫

平安

黃紹丙　樣

二月二十三日　鹽月雪子

從台灣寄給鹽月雪子的信

民國三十六年　三月二十八日

中華民國台灣省新竹市東門街 128 號　寄日本鹿兒島島市東町 3-12
番地

鹽月雪子樣

收悉你的來信，因我夫至今未歸家，未免你擔心音訊中斷，謹回覆聯繫。以後書信往返仍可以使用這個地址或是台北住家地址。台北住家地址是：中華民國台灣省台北市中山北路二段 132-4 號。

祝　順利平安

鹽月雪子樣

三月二十八日　黃紹丙妻

從大選完回到小鎮，阿澄加快了她的工作速度，也發現地質系的師生為什麼像茫然無頭緒的蒼蠅，這個系的主導人都知道這位學者的重要性，畢竟在戰前就已經發表了數十篇的學術著作，台灣冰河時期的圈谷地形確立，在世界地質史上的學術地位無法撼動，跟他合作的對象都是日本學術圈享譽國際的博物學家，現代社會讓學術圈失去了跨領域專家，連自然史都分門別類領域專精不容他人侵犯，這一批群起而生的天才跨動物、昆蟲、植物、地質、地理、人類學、民族學，是古往今來的特殊現象。

但是一位從一九四七年開始就幾乎不講話，甚至有好幾年的時間不跟任何人交往的學者，用失語來形容可能還太簡單一點。阿澄有一次開會忍不住質問傳記作者，也就是他的關門弟子，「你們在課堂上不討論的嗎？」沒想到那位大教授，現在地質學會的掌門人竟然說，他們在野外探勘、看露頭，教授只用他的拐杖東指西指要他們自己領會，有一次在南湖圈谷，應該是老先生最後一次去了，要他們三天三夜在同一個地方，極目四望，他們除了擔心突然下一陣大雨，實在參不透老師要他們看什麼。

阿澄隱約明白發生了什麼事，卻很難啟齒問黃家的人，以他跟阿澈現在算是男女朋友的關係，也不太好意思問得太仔細，並且會擔心阿澈不高興，她甚至懷疑阿澈知不知道這些事情，畢竟他阿公在他十歲時就過世了。

他們兩人從大選完到現在都快五二〇就職典禮了，阿澄鎮日埋在資料堆裡，連阿澈愈來愈少回小鎮都一直抽不出時間關心他到底發生了什麼事，兩人雖然天天電話聯繫，但好像除了問問對方現在在做什麼之類的日常生活，沒有任何的交流，期間阿澈甚至去了一趟日本，去日本前兩人相約吃了一頓飯，等阿澈上機，阿澄才發現她忘了問阿澈去日本做什麼。

說忘了倒不如說不知道如何開口關心她認為是個人應該擁有的私人的、獨立的，不容他人侵犯的領域，兩個獨立的個體，能不能成為一體，這種千古問答，她沒有經驗也沒有答案。他們似乎處於應該要更進一步干涉對方的狀態，又怕踩到對方的底線，雙方都在拿捏分寸跟尺度可以到什麼程度。男女之間交往如果說是以不干涉對方的交往為前提，必定是不會長久，雖然通常干涉會用關心的名義進行，例如，關心的手段是噓寒問暖，愛心便當，愛心小禮物，彼此交換銘記印刻的永恆之物件，雖說處處刷存在感，但不能否認這也是一種束縛、綑綁。

在阿澈跟她說要回日本一個星期，問她有沒有什麼想要的禮物的時候，阿澄說隨意就好，她好似終於等到阿澈變臉，帶著冷意說：「你可以隨時打電話給我，白天黑夜不限時刻。」她知道他生氣了，本想跟他開玩笑說這是不是叫索命連環叩，但也知道這是一種能夠打破現狀觸及到的底線。所以在她有一天從資料堆裡抬起頭已經半夜一點多的時候，心中一動打了他的手機，說原子筆沒水了，要他去銀座伊東屋買黑色、紅色、藍色、綠色各一打原子筆的那一刻，對方哈哈大笑起來，顯得很愉悅，還告訴她其實以建築師用的二B鉛筆做註記會更實用一點，當然她就得到了一盒 ROMEO 的色鉛筆。

阿澄本來沒有意會到人與人之間的界線問題，畢竟她已經很久沒有談戀愛了，自己的家庭成員，自從母親過世之後跟父兄的關係一直保持著淡淡的隔閡，甚至是敵意，母親生病快速地過世讓她感到措手不及毫無心理準備，說悲痛並不為過，所以才會離開台灣到澳洲自助旅行，但是沒想到回到台灣之後父親已交女友，有新的伴侶，而且看起來適應良好。而哥哥更不用說，跟同居女友用母親過世時繼承的財產換了一棟新房子，三個月才跟父親見一次面，阿澄在他的神情中看不出母親離開的悲傷，當然她也自我反省是不是自己太過傷心造成對親人的敵意。

在阿澈突然出現闖進她的生活時，她同樣措手不及，無所適從。

阿澈有過一次婚姻，結婚當天就知道不會長久的婚姻，他十八歲離開台灣開始不間斷地交女友，每個女人都想跟他結婚，在他正式開事務所的時候的女朋友要求跟他結婚，他想或許人生就該這樣成家立業，所以無可無不可地結婚了，沒想這段婚姻只維持半年，他阿婆甚至沒有看過他的前妻。

他這種家庭出身並且接受菁英教育成長的男人，阿公除了跟自己說話從不跟其他人說半句話，多桑是大學醫院的眼科教授，卡桑雖然照看他所有的事情但並不特別親近，唯一讓他有孺慕之情的是他阿婆，甚至像保母般照顧他的阿惠跟阿珍，才是他最親近的人。在這種家族勢力緊密卻淡漠的家庭，每個人就像軌道上運行的行星，有各自的速度以及距離，行星跟行星之間保持著被設定的距離，在各自的軌道上運行，無法偏離，否則一碰撞就會成為一種大災難。

他遇到了阿澄，相信了宇稱不守恆定律，別問為什麼是她，就是鍾意而已。所有的規則跟信念都可以被打破。

黃紹丙日記

公元一九四七年一月十三日

接收的人去家裡好幾次，家裡婦人已經招架無力，今天直接找來學校，記下一些事情，好讓親族，以及妻兒能夠參詳。

在我的教職與學術生涯裡的研究，最急迫性的是台灣地形圖的繪製，台灣是一個獨一無二的島嶼，連結菲律賓板塊與歐亞大陸板塊，島嶼地形偉岸曲折，氣候四季各有其動人之處，動、植物，礦產，人屬均為至寶，能夠生活其中，人生至幸，也值得島嶼人民一一加以研究保存。

中央山脈，雪山山脈，南湖大山等圈谷地形，帝國大學時期的師生、日籍學者，已有初步完整紀錄，盼能持續下去，堅忍探勘，有更多發現。

台灣島嶼地質學探勘，自有後起之人持續，唯早田中雄博士的紅頭嶼學術論文翻譯整理出版，後進當更加積極完成。

至於家族產業，以往支助的對象，工藝，礦物研究，親族能力所及，期盼盡己所能支持。

對於曾經協助敝人的高山族友人，我妻兒應尊重其意願，盡量幫忙他們在平地過適意的生活，小屋也應盡量讓他們利用居住。但是其人自有想法，也不該多加干涉。

對於返回內地的日籍友人，我妻兒若願意，勿忘聯絡，保持友情。

人生熙熙攘攘，匆匆忙忙，前半生有幸徜徉於台灣島嶼山林之中，並得到同行學伴相助，在學術、智性領域得到莫大的滿足，於願足矣。今後若有不如人意之處，也當安然接受。

盼我妻兒能安然在家度日，平安一世。

黃紹丙寄給早田中雄妻子早田紀子信（未寄出）

昭和二十二年 二月二十四日

台北市中山北路二段 132-4 號 寄 東京府杉並區和泉町十五番地

早田紀子樣

夫人大安

日前學友杜桑自東京回台北，談及早田君，以及你們一雙兒女，聽聞甚為活潑可愛，印象所及，他們也快五歲了，先寄一些生日賀禮，不成敬意，祝福他們健康成長。

你早年寄達的早田君研究、物品，在我處安全收悉，敬請放心，若有能力付梓，必定告知。

期盼音訊暢達，保持聯繫。

祝 安康

二月二十四日　黄紹丙

早田紀子様

黃紹丙寄給鹽月雪子的信（未寄出）

昭和二十二年 二月二十四日

台北市中山北路二段 132-4 號 寄 日本鹿兒島島市東町 3-12 番地

鹽月雪子様

收信平安

一切可如常，夏蓮醬是否健康如昔。

近日住在台北，可以隔三差五去祭拜老師，說一些話。明日將歸返新竹，沒有預定今後行程，一切隨興。但你來信寄新竹或者台北都可以收到，切勿怕打擾我們，不敢聯絡，還是要保持聯絡為好。若有什麼生活上的困擾，務必告知，這是我最衷心的期盼。

二月二十四日　黃紹丙

祝　安康

鹽月雪子樣

阿澄在火車站接到人的時候，以為會看到大包小包的伴手禮，沒想到這傢伙兩手空空地回來，阿澄張目搜尋打量他，一臉質疑。

「東西被阿洛載到台北去了，他說他有事要去台北一趟，我懶得搬上搬下，乾脆讓他載去台北。」

「所以你就兩手空空地回來了，」阿澄覺得他是故意的，行李會不會還放在車站大廳，「去拉回來啦，不要以為鄉下地方沒人會搶你的行李。」

「吼，不相信喔，我現在肚子好餓，要不要先去吃肉圓，帶你去吃新竹最好吃的那一家。」

「吃過了，還好啊，是有一點不一樣啦。」

新竹的紅糟肉圓雖說不如彰化肉圓盛名遠播，卻跟新竹貢丸一般具有客家人飲食文化的歷史性，極富地方色彩，也是客家人的鄉愁。阿澈雖然家庭背景跟日本人較為親近，但畢竟是地方的百年家族，也是從小被客家飲食餵養長大，新竹紅糟肉圓是他跟家鄉重要的聯繫。

他中學六年在香山火車站與新竹火車站之間往返，上下車都會有個標準動作，對著鐘樓的時鐘對時，雖然這一段區間車經常慢分，也成為他青少年時代可以延遲回家的藉口，跟同學在東門市區內鬼混時，都跟他阿婆說：「火車慢分。」

一直到東京念建築，大量閱讀世界知名建築之後，才在一本火車站的歷史中發現，原來自己家鄉的火車站是知名建物，一棟在一九一三年，大正二年就蓋好的巴洛克式建築，日籍建築師松崎萬長的鐘樓、貓道設計，是世界建築史的經典之作。一九〇二年就設站的香山火車站，在一九二八年建造的香山驛是全台唯一的檜木建造的建築，每一根木頭都是由阿里山運送下來，這樣的時代性邂逅，讓他對故鄉的牽扯糾結更是難以理清。

而且他好像體悟了一件神性的羈絆，中年之後的人生決定會帶你回到小時候的人生景況，去完成被掩埋已久，已經遺忘的初衷，連生活樣貌都會帶你回到當初，讓你熟悉你該完成的旅程。

「怎麼沒精神的樣子。」阿澈發現阿澄好似有什麼事情要跟他言說，卻難以開口的樣子，乾脆自己問個明白。

阿澄明知道自己被學校利用，又不得不參與並繼續完成工作的感覺，真是糟透了。一天阿澄被籌備會的助理緊急召回辦公室，她追問清楚到底發生了什麼事，才決定要不要去跟他們開會，但是對方堅持要她到辦公室開會才能說，而且表現出非得這麼做不可的態度，阿澄只好屈從，結果這一群委員只是因為想要跟黃家提出把老先生的書房捐獻出來當作未來的圖書館館址，阿澄至此才知道原來籌備會連圖書館空間都還沒有著落。

因為沒有人願意開口，只好請她來開口說服黃家，因為籌備會的成員認定阿澄跟黃家的關係還不錯，而且也算是籌備會的一員，理應幫這個忙。她還沒聽完就氣得笑出來，自己莫名其妙就被他們當作共犯結構成員，但只能無力地看著連助理都比她大的一群人，好似小孩在玩家家酒般地嘻嘻哈哈，不覺得有什麼不妥，還自認為自己很有一番見識，很聰明地想到解決的法子。

他們對於阿澄無法理解為什麼想要爭取老先生的書房感到詫異，認為這是理所當然的事，因為國家預算有限，目前系上也找不出一間像樣的空間可以當作紀念圖書館，地質系是日本時代建造至今的屋舍，早已老舊不堪，師生早就想換地方了，如果在同一棟樓找個房間當作圖書館，他們想要跟校方爭取預算把地質系的系辦都更掉，會異常困難。況且這所將近八十年的大學，最擅長的恐怕就是跟國家或私人爭取一片土地、一座山林，為己所用，對他們而言一棟房子根本不算什麼。

「說說看。」阿澈等她好一會，見她為難無法開口，只能自己先開口鼓勵她說出來。

阿澄舌頭打結一般地終究是把原委說了出來，阿澈倒是覺得自己這位女友真是單純得可愛，並且太有正義感了，摸摸她的頭，拉起她的手，微笑。

「就這樣？這麼簡單？」

「喂，你到底有沒有聽懂啊？不覺得他們很可惡？」

「是很可惡，也很可笑，不過這一招看起來好像很困難，卻是很容易得逞的一種想法。」

「你相信他們啊，台灣的官僚一向是摧毀價值的好手。」

「我不相信他們，不過他們比起想把這個小鎮整個摧毀改造的商人好多了。至少沒有偷偷摸摸進行，而且聽起來還有一點羞恥心，不敢自己來跟我們講。你知道我這次為什麼回台灣這麼久，去日本之後，好像沒在台灣停留過這麼長的時間。」

好幾年前，他的兒時玩伴阿洛跟阿璋就跟他提議回家鄉發展才是王道，他一方面興趣缺缺，一方面他懷有心結，他並不認同全球蓋樓房正在蔓延中的地球地景地貌大改造的風潮，他雖然是建築師，從念建築系的第一天起就心懷夢想要蓋一座能夠代表自己的建築，一座博物館也好，一座美術館也好，一棟樓也好，甚至教堂、廟宇，或其他公共空間，他都願意去試試看，但是想起每次站在梨園，站在阿惠、阿珍的菜園，放眼望去一片綠意，都會讓他喉嚨卡卡，眼角泛淚的田園景色，他無法想像除了他阿公的和式屋子，在洋樓裡的書房，還能有別的建築物干擾他的田園牧歌，就像貝七對他的意義，雖然貝六才被標題為「田園」，但是貝七豪放渾雄卻憂傷的調子，才是他對大自然的印象，就像他小時候在小屋認識的那幾位原住民，每次看到他們憂鬱的臉龐，他都覺得小鎮的人說他們天真歡樂愛喝酒，是錯誤的認知。

「不是我對他們有成見，我認為私產有心經營比起公共財產更加讓人放心。」阿澄終於比較清楚的說出自己的理念。

「那就拜託你囉。」阿澈笑嘻嘻地晃了晃阿澄的手。

千鶴阿婆給阿惠的便條紙　民國五十七年六月二十四日

送中餐：納豆多一匙，米苔目，冰塊、黑糖水用保麗龍盒

訂雞仔，三、五十隻

月子房整修

尿布、小衣，坐月子用品

提醒阿湳問日本雪印奶粉、日本嬰兒用品

他們倆在小鎮晃蕩，用流行語來說就是在曬恩愛，讓阿澄頭皮發麻的是阿澈說不知道吃什麼，就回黃家吃他卡桑的台式日本料理，她雖然不是第一次到黃家大宅，卻是第一次跟他們一起用餐，尤其先生娘毫不掩飾地盯著她瞧，讓她坐立難安。所以當阿澈拉她去房間說要看一份資料的時

候，雖然讓她有逃難的感覺，也放鬆了下來，而且她感謝阿澈沒有跟黃醫師夫婦提學校要他們捐獻圖書館的事，讓她願意為他做任何事，聽任他安排一切。

並且阿澈是真的要讓她看一些物件，但是當他說這張桌子我大概二十年沒動，要拉開抽屜的時候，阿澄對未開箱子的恐懼情結油然而生，去拉阿澈的手要他等一會，被他發現自己有這種未成年小孩的幼稚心理恐慌作用。與其說對未開的箱子的恐懼不如說是人類對未知都會升起自然而然地抗拒與排斥；對未知的恐懼是一種本能，但是這種本能又會升起、推進冒險前進的狂熱，否則地球史也不會有大航海時代的狂熱了。

這一張檜木書桌，阿澈說他們家裡每個人都有一張自己的書桌，過兩天要去倉庫找一張給她，問阿澄放哪裡比較好，對於這種無厘頭又隨興的問題，她也答得隨意，「宮前町。」阿澄當時不知道這樣的回答讓她的人生就此定案，如果知道自己後半生的喜怒哀樂都會放在那張檜木桌裡，或許答案不會變，但她會考慮久一點再回答。

當阿澈打開最下面一個抽屜的時候，阿澄忍不住問，「你有蒐集垃圾、廢紙的習慣啊，我雖然不太會把筆記紙張丟掉，但只會留下自己的筆跡，你怎麼連你媽的菜單都蒐藏？」阿澈很不好意思摸摸鼻子，拿起先生娘的菜單一邊看一邊笑，「大概是小四左右，阿公過世那一年，家裡常常只有我一個人，在和式房子那邊也只有我跟阿公，很無聊，無聊時會開別人的抽屜，有時看到跟自己有關的紀錄，就偷偷拿走，藏起來。阿婆交代要幫我燉豬腳的紙條，我媽幫我買衣物的發票，不知道為什麼就覺得很糗，不要讓人看到。」

「阿婆的日文真好看，這本是她的記事本吧，你拿來幹嘛？」

「裡面有給阿惠、阿珍的便條紙，還滿好笑的，聽說她拿便條紙給她們之後，等她們把事情做完，要把便條紙還給她，她在上面打勾，有做的就勾一下。」

「很有條理啊，難怪，有一次看阿珍姨在看紙條。」

「那是她們自己寫的，我媽每次跟她們交代事情都一大串，她們怕忘記，學阿婆寫便條紙。」

阿澄蹲在被她忽略一兩個月的武威山茶樹下拔草，自言自語春雨真厲害，一疏忽就長滿了酢漿草、車前子、苦蔴菜，看起來還會冒出一些不知名的野草。黃醫師走過來，盯著看一會說：「可能要翻土，加一點比較有利排水的土質試試看。」

和一般人比起來，阿澄是個不擅長聊天的人，意思是無法跟人哈啦，言不及義，說笑打發日常生活的那種人，仔細想想，除了談戀愛鬼扯淡，跟阿澈天馬行空嬉鬧，她還真沒跟人嘻嘻哈哈，插科打諢、說笑過，所以她還滿喜歡像黃醫師這種將專業訓練內化的人士，講話只講重點，雖然有時候會讓人覺得他也太自以為是了一點。

「上次有開出花苞，雖然掉光了，應該是還不適應這地方的天氣，看到的資料都說是在高雄、屏東山裡發現的，應該就是大武山系，中央山脈的尾端，熱帶氣候。」阿澄搬出自己的專業知識，暗示黃醫師氣候因素不容易控制，只能順其自然，其他的就只能聽天由命了。

「你確定，這就奇怪了，那幾個泰雅族人好像是梨山那邊來的，還是拉拉山的也有可能，是北部的原住民，對了，他們種的梨子很好吃喔。」

阿澄聽到這樣的訊息有點意外，畢竟她到目前為止看到的資料，雖然可以判斷原來住在這幢小屋的原住民是大霸尖山、雪山山系的泰雅族人，她以為只有老先生自己清楚這些事而已，沒想到黃家的人多少都知道一點這幢小屋存在的原因，而且家族好像一直利用資源在照顧著他們。

「你認識他們？我以為他們和式房子蓋好之後就回去山上了。」阿澄滿小心斟酌用語想問出一些他們不願意提起的舊事。

「他們經常來來去去，有時住這裡，有時候回山上住，年紀變老的時候會比較常住在小鎮街上，大概是去醫院看診比較方便。」黃醫師果然是醫師，用健康照護的想法來判斷別人的心態，非常的實際。

「他們有結婚生子嗎？」

「他們的婚姻制度，不知道哩，不過他們兩人好像有六、七個小孩，這個我倒沒太注意。」

「所以只有兩個人一直跟老先生在一起？」

「你是不是要叫阿公了。」黃醫師跟他兒子一樣無厘頭發話。

阿澄覺得真尷尬。

黃水滴先生對自己的父親嚴格說起來並沒有很深的感情，甚至有一點怨恨，那種怨恨來自於替母親抱不平，面對一位二十年不講話的父親，家裡的財產為了挽救父親損失大半，每日看著母親操勞家務，操持親族往來，應付社會關係，對抗政治環境以保護家產，他小時候幾乎很少看見母親臉上有舒適安閒的表情，甚至從沒有過笑容。他母親的笑容全部來自他們三兄妹的一點點成就，考上醫學院，去美國留學，生下阿澈跟小杉，這些很少的人生重要時刻，倒是隨著年紀漸長，看顧阿澈成為她人生的重心之後，才看見她逐漸舒緩的面容。所以他對阿澈這個兒子雖不滿意，但也不會對他的人生多做表示，完全隨妻子跟母親的意思，尤其是對母親，這個家完全由她作主，應該說他可以預見，他們黃家的未來，完全是由女人、媳婦主持大局，而他毫無意見。

處在這般環境的男人也有個好處，只要不越界太過，可以率性地做自己，例如，他聽從舅舅的建議到九州大學進修，去金澤研習，幾乎都在西日本，而不是跟隨父親的腳步去東京。也就在他去舅舅的母校九州大學時，知道了父親心心念念的松村老師的女兒跟家裡的關係，並擔負起照顧她們的責任。這個他跟舅舅之間的默契，改變了幾個人的命運，成為一種羈絆。

初認識夏蓮時她在福岡讀女子學校，對他這位來自南國的青年很好奇。

而夏蓮從小就聽卡桑說自己是台灣人，她其實不太懂什麼是台灣人，是有被南國的陽光照耀過的人嗎？是知道如何做黑糖剉冰，嚐過這種美味的人嗎？尤其她卡桑常常懷念的台北植物園的蓮花，她知道蓮花，也知道可以稱作荷花，直到這位黃君拍了各式各樣的台北植物園的蓮花給她看，一整個池子，一大片一大片的葉子，她才迷上台灣，而去台灣當個台灣人就成為她的夢想。

她是喜歡這位黃君，但是他已經有妻子了，她不知道她該如何去台灣跟他們一起生活，但是從小就會帶台灣的伴手禮來看他的歐基桑，顏桑跟她說這不是問題，先到台灣學漢語，到他的溫泉飯店去打工，他的家族可以照顧她，不用擔心這些瑣事，因為她的歐基（おじい）是他們最敬愛的老師，影響他們一輩子的人，而且她的歐基跟歐巴醬都葬在台灣，她卡桑也跟她說她以後想葬在台灣，她就決定自己的人生以後要在台灣。

夏蓮很自在地跟黃君在台灣過日子，在黃君還沒有自大學退休之前，幾乎三餐都由她照顧，雖然重要的日子，台灣人重視的年節他們不在一起，生日，家族聚會，家裡有重大的事件她也不能參加，但她很喜歡這樣安安靜靜地過日子，在台灣交到的幾個朋友，也有是跟她卡桑一樣是灣生的背景的人，一起去做一些活動，學染，編織，旅行，她最喜歡的是爬山，更早以前她每個星期都要去爬山，她的目標是爬完台灣的百岳，但隨著年紀愈來愈大，她擔心做不到了。黃君也不讓她爬太困難的山岳，說是對膝蓋不好，怕影響她的老年生活。

她卡桑愈來愈老，把她接到台灣之後，她又開始母女倆相依為命的日子，每年隨著季節在鹿兒島跟台北之間往來日子，就會是她們的老年生活，直到黃君把一個從東京來的女孩交給她，讓她多照顧，她體悟到人生的羈絆並不單純，而且從生命的最初就不曾簡單過。

黃紹丙日記

公元一九四六年七月三日

接收的人這麼大陣仗地來跟我約談，表現出對講堂的興趣，但是這一些人在國際會議上，都沒有聽過他們的名字，一個一個問他們主要的研究題目是什麼，也說不出所以然來，只是一直問礦產的探勘進度，地理教室還有沒有什麼重要的地圖未完成。

礦場探勘是家裡的事業，跟我的學術研究並沒有關係，看來他們把兩者混為一談了。

聽起來他們好像掌握了什麼資料，還是只想套我的話，我都不清楚。

我現在最重要的事是把早田的著作集結成冊，開國際學術會議，這才是真正重要的事，早田的著作發表，能讓台灣在國際學術研究上的地位馬上就會晉級，日本人深知這一點，也在積極促成早田著作的付印出版，反而是台灣，日本人走了，一些中國學者來到，提出很多建議，這些建議跟台灣一點關係都沒有，雖然學術研究不一定要有在地性，但是台灣寶貴的資源都還沒有好好的探勘、研究、整理、發表，突然要學生中斷原來的研習課程，也說不過去。

地質系就不應該在教室裡上課，應該要到野外去，台灣三千公尺以上的高山一定超過百座，還有很多尚未首登大山，地形圖也未完成，這些都是最急迫的事，也是大學該做的事，現在突然中斷，實在可惜。

六月暫時拋開學校跟家裡的事，去了一趟紅頭嶼再從屏東繞回來，深深明白並體會了早田這麼迷戀台灣南方的風景、風物的原因，他說台灣南部人跟北部人，山裡的人跟平地的人，連人的性情都差很多。布拉跟巴納兩個再次走一遍早田的路徑，也興奮莫名，我這個帶著這麼經驗豐富嚮導的探勘人，這一次真的不能發揮太大的作用了，唯一要謹記在心的是台灣南半部的風土人情、動植物真是不一般，完全不是北部人可以體會的，應該要好好探勘、採集，對未來有心做更深入研究的人會有莫大的幫助。

巴納好像也有感悟，更勤勉地採集，看到新奇沒看過的植物，甚至石頭紋路特別的，一定不會放過，跟我說要再增加竹籠子，盡量地採集更多的標本。早田留這兩個助手給我，真是幫了大忙，他雖然說給我造成麻煩，並拜託我照顧他們，而事實上是他們照顧我，如果沒有他們兩位，我不知道還能不能撐下去，帝大時期的人，幾乎全部離開，我不知道如何安慰學生，只能口頭上要他們堅持下去，他們又何嘗不知道我也是在忍耐。

已經一年多了，心中雖然還是抱著期望，但是大家都有默契將他的著作一篇一篇蒐集整理，能找到一篇就多一份喜悅，走在大武山的山腳下，仰望中央山脈最末端，突然感應到他似乎抱持不會回來的心態，將事物交代給我，我怎能不好好盡責，堅持下去呢？

阿珍看到阿澄穿著連身裙就要去田裡，把她拉回來，「你們都市人不知道厲害，昨天剛割過稻的田裡，會讓你若削（客語坐立難安），蚊蟲又多，你晚上洗澡就知道了，到時候皮膚都會被你抓爛。」

「這麼嚴重。」阿澄前一天聽到遠處的稻田有割稻機的聲音，本來就想要找時間去看看，她忘了是在哪一本書看到收割過的稻田滿是蜻蜓飛翔，紡織娘跳躍，尤其，之前阿澈帶她去捉了幾隻蟬，突然對這些昆蟲起了興味，她以為只有蚊子會咬人，沒想到這些昆蟲也是會螫人，還興沖沖打電話到東京問阿澈要不要看金龜子，剛好用他送的最新百萬畫素的Sony手機拍下來給他看。

阿珍叫她一定要換長袖長褲才可以去田間，她走到田裡，再深入田中央，她想阿珍是不是誤會了什麼，或者現實與記憶錯置。

田野荒蕪，這是她在這闃靜無聲已完成收割的稻田中央佇立所能想到的詞彙，她想她無法開口告訴他人為什麼豐收的稻田在她看來如此荒涼，因為她以為會看到讓那位北國少年追逐的南方昆蟲，蜻蜓，豆娘、獨角仙、金龜子、蜜蜂、蝴蝶，甚至他熱愛的田鼠，他認為是人間至美的料理，甚至阿澄連青蛙，水池中的蝌蚪都沒有看見，偶然瞥到的幾隻紅黑相間的瓢蟲、象鼻蟲就已經是驚喜，阿澄猛然想起初夏時節她竟然忘記叫阿澈來看螢火蟲，或許是因為她自己也沒看到過。

這讓她想起一次到嘉義看私人收藏家的畫展，想起畫家的背景，特別到日本時代起就在那裡的嘉義噴水池，同行的兩三位友人甚至起鬨一定要吃噴水雞肉飯，待他們走到圓環東張西望，甚至有熱心的路人問他們要找哪一家雞肉飯的時候，他們說想看陳澄波的噴水池，她明顯地看到那位年輕人，嘴角上揚，再上揚，終至笑不可遏地彎腰大笑，右手伸長指著圓環，他們努力看到孫中山先生的雕像，在那著名的藍綠大對決的七彩噴水池中間佇立，當時的感覺就像現在一樣，好像到了一個魔幻的異地，完全摸不著頭緒，沒有《夏日街景》中撐陽傘的婦人，沒有《嘉義公園》的丹頂鶴與白鵝，更看不到什麼噴水池，倒是一轉身就發現自己站在噴水雞肉飯的騎樓下。

同行的友人說這就叫做現代性。

後記

一直以來想寫一篇文章曰：「給下一本小說的備忘錄」，可仔細一想，我已經寫過不知道多少篇了，看看我的電腦桌面就知道——那一個一個的題目檔案。

這不是我第一次寫長篇小說，有更多字數是藏在還有磁碟時代的某張磁碟裡，或者某台電腦的硬碟裡。這也不是我第一次出版小說，在我的上一本書《輕芳療，愛情的靈藥：30篇戀愛小說與60種情緒療癒配方》已經練習過一遍；但正正式式寫一個長篇，真是不簡單的事，寫了又刪是其中最不足為道的小事，這一本書從最早的發想到明確的故事梗概，至少有三次大的轉折，每一次重來，都是新的故事。

記下這些千迴百轉是要自己記得最初是如何開始怎麼樣變成現在這樣子，我是不怎麼喜歡回憶的人，然而，某些事有些人在某個時刻就會浮現腦海，閃現眼前。

這本小說的人物是我第一次寫電視劇本的角色具體化，原本設定的女主角是我輩的波希米亞小茉莉，但我畢竟不是純正的波希米亞人，就自然而然的參雜了布爾喬亞小玫瑰的身影，更嚴格說起來，我這兩類朋友都有，甚至可說是死黨、閨蜜，但總還是覺得自己不像他們，直到有一天其中一位死黨跟我說，就只是想活得獨特一點而已。

我終於明白我只是想要塑造一個可以在四月裡擦身而過的百分百女孩。

植有武威山茶的小屋

作　　者／蕭秀琴
社　　長／林宜澐
總 編 輯／廖志墭
編輯協力／宋元馨、林韋聿
校　　對／陳佩伶
書籍設計／賴佳韋
內文排版／藍天圖物宣字社

出　　版／蔚藍文化出版股份有限公司
地址：10667臺北市大安區復興南路二段237號13樓
電話：02-7710-7864　傳真：02-7710-7868
臉書：https://www.facebook.com/AZUREPUBLISH/
讀者服務信箱：azurebks@gmail.com

總 經 銷／大和書報圖書股份有限公司
地址：24890新北市新莊市五工五路2號
電話：02-8990-2588

法律顧問／眾律國際法律事務所　著作權律師／范國華律師
電話：02-2759-5585　網站：www.zoomlaw.net

印　　刷／世和印製企業有限公司
定　　價／台幣280元
ISBN 978-986-94403-8-7

初版一刷／2018年1月

本書榮獲 國|藝|會 創作及出版補助

國家圖書館出版品預行編目（CIP）資料

植有武威山茶的小屋 / 蕭秀琴著 . -- 初
版 . -- 臺北市 : 蔚藍文化 , 2018.1
面； 公分
ISBN 978-986-94403-8-7（平裝）

857.7 106020407